尤
今
漫
游

尤今漫游

牙刷长在树上

THE TOOTHBRUSH GROWS ON THE TREE

［新加坡］尤今 著

深圳出版社

图书在版编目（CIP）数据

牙刷长在树上 / (新加坡) 尤今著. —— 深圳 : 深圳
出版社, 2023.3
　（尤今漫游）
　ISBN 978-7-5507-3733-4

Ⅰ. ①牙… Ⅱ. ①尤… Ⅲ. ①游记—作品集—新加坡
—现代 Ⅳ. ①I339.65

中国版本图书馆CIP数据核字(2022)第252271号

图字：19-2022-172号

牙 刷 长 在 树 上
YASHUA ZHANGZAI SHUSHANG

出 品 人　聂雄前
责任编辑　岑诗楠
责任校对　万妮霞
责任技编　梁立新
装帧设计　龙瀚文化

出版发行　深圳出版社
地　　址　深圳市彩田南路海天综合大厦（518033）
网　　址　www.htph.com.cn
订购电话　0755-83460239（邮购、团购）
设计制作　深圳市龙瀚文化传播有限公司 0755-33133493
印　　刷　深圳市汇亿丰印刷科技有限公司
开　　本　889mm×1194mm　1/32
印　　张　7
字　　数　111千
版　　次　2023年3月第1版
印　　次　2023年3月第1次
定　　价　49.80元

自 序

　　在塞内加尔，走在横街窄巷里，我发现许多人嘴上总是闲闲地叼着一根根细细长长、枯枯干干的树枝——不分时辰，也不分地点。探询之下才知道，用树枝当牙刷是当地由来已久的习俗。塞内加尔这个地方，罗望子树、金合欢树、印度楝树、可乐树等比比皆是。这些树的枝丫软硬适中，内蕴香气；当地人认为由这些树枝分泌出来的天然汁液，能漂白牙齿、祛除口臭、杀菌防蛀，保持口腔卫生。这种环保的"天然牙刷"，使塞内加尔人都拥有一口灿然生光的洁白牙齿，因此，牙医在这儿是找不到立足之地的。

　　树枝可以充作牙刷，作为一名旅人，我看到了他国百姓在解决生活问题时所展现的智慧。

　　在津巴布韦，我参观了占地辽阔而构思独特的野生动物孤儿院。自1973年创办伊始，这儿就是鸟兽的避

风港和避难所 ——举凡受伤和生病的野生动物、被遗弃或虐待的宠物，或者在危机四伏的丛林无法生存的兽类孤儿和老者，都会被送来这个"安乐窝"。鸟兽在全面恢复健康后，便会被放归自然。万一它们因为特定原因而丧失了觅食能力，便会让它们永久留在孤儿院，给予终身周全的照顾，并以此实现教育与动物学研究的用途。150 余种动物和飞禽，就在这个没有杀戮威胁和没有饥馑恐惧的美好环境里，活得如鱼得水。

作为一名旅人，我看到人类本着人文主义的关怀精神，为鸟兽创造了一个备受尊重的友善环境，从而让大家了解，地球上所有的生物，都有平等生存的权利。

在坦桑尼亚，我到马赛人的村庄 Emnyata 去逛，惊异地发现，在 21 世纪的今日，村庄里的马赛人依然守着古老的传统习俗，比方说，村里有妇女怀孕了，想要娶妻的男子便可以上门去，以 4 头牛充当聘金，把亲事定下来。一旦瓜熟蒂落，他便把"妻子"寄养在岳父母家，每一年送一头牛给他们；等女孩长到 14 岁，才把她领回家去圆房。换言之，娶一门妻子，男子必须陆续地送出总共 18 头牛。这样的风俗，致使马赛族不重生男重生女。另一个马赛族多年来一直坚守的习俗是，不论男孩女孩，到了七八岁时，都必须由巫医在耳垂上以刀子戳出一个洞，在洞里渐次塞入由小而大的木条，耳垂的洞撑得越大、耳朵拉得越长，便越符合马赛人的审美标准。很多时候，由于医疗与卫生条件不好，往往会使耳垂溃烂数月，然而，为了保留传统，他们甘之如饴。耳洞越撑越大，大得足以穿过一只拳头时，便大功告成了。这时，女的便会在长长的耳朵边缘挂上缤纷的饰物，招摇过市；男的呢，在放牧牛羊时，为了避免耳垂被树枝牵扯而纠缠不清，他们会把晃荡的耳垂像头发一样束起来。此外，马赛人也喜欢以火烙红尖刀，在脸上划出永不消褪的花纹。耳洞与花纹，加上常年不离身的披巾和手杖，就变成了马赛人典型的标志……千奇百怪的风俗，蔚成了马赛人的生活面貌。

作为一名旅人，我看到了教育匮乏所导致的种种落后陋习；唯有教育普及，才能为全民带来幸福的生活。

在赞比亚，我曾不止一次到不同的村庄参加村民的篝火会。在许许多多没有水电供应的贫瘠村庄里，一到夜晚，村民便会七手八脚地生起篝火，男女老幼团团地围着那一团温暖的亮光，开展夜晚丰富的活动。这时，家中老祖父便会拉开嗓子，给儿孙们绘声绘色地讲述祖先留下来的那些源远流长的故事了。他聚精会神地讲，儿孙如痴如醉地听。他就像是一个掏之不尽的"精神聚宝盆"，许多可贵的价值观，就不动声色地蕴藏在一个个趣味盎然的故事里，一代接一代源源不绝地传承下去。

作为一名旅人，我切切实实地看到了他国祖辈在传递传统道德观念方面所尽的努力。宛若金子一样澄澄发亮的价值观，的确是必须得到守护与传扬的。

在赞比亚的采石村庄，我站在石矿前，看当地村民一家老少全体出动，开采石矿。采石人家凭借的纯粹是人力，一家之主站在石坑里，出尽九牛二虎之力，用锥子和锤子把坚硬的石头一块一块地凿出来；妻子和稚龄的儿女呢，就坐在石坑旁边，用铁棒把大石块敲成细细的碎石。他们使用的都是真力气，一下一下地凿，一下一下地敲，长期如此，虎口都凿得、敲得裂开了，然而，他们还得蹙着双眉，忍着一波一波尖锐的痛楚，继续地凿、持续地敲。每时每刻响在周遭的，只有敲击石块所发出的单调声响……

作为一名旅人，我看到了他国百姓在求取生存时所体现出来的那种无难不克的坚毅与坚强；然而，与此同时，我也看到了令人心酸的工作实况——倘若没有与时并进地依靠科技，贫穷将永远如影随形。

看到、看到、看到。

看到、看到、看到。

旅行，对我而言，就是一种不断地看到与不断地学习的历程，就是一个持续地接受启迪与成长的过程。

以《牙刷长在树上》为书名，是因为它精准而完美地展现了旅者行走天涯那种发掘与发现的惊喜心情。

《牙刷长在树上》一书，收集了我在非洲坦桑尼亚、津巴布韦、赞比亚、塞内加尔、科特迪瓦、多哥等地的38 篇游记。

衷心感谢中国的深圳出版社，自 2014 年始，陆续地为我出版了游记、传记、散文等 16 部作品，如今，再度为我出版系列散文与游记。该出版社巨细靡遗地追求完美的精神、缜密周全的行事方式、如箭离弦的办事速度，都为我们双方的合作谱出一阕阕和谐完满的美好乐章。

尤 今

2022 年 7 月 22 日

目 录
CONTENTS

壹
Part 1

坦桑尼亚

活在奇风异俗里的马赛人

　　这天早上，炙热的阳光跋扈得不像话，好像天上忽然冒出了三个太阳。

　　来到了 Emnyata 这个马赛人（Maasai）聚居的村庄，我看到有人在闲闲地牧牛。不谙世事的牛，把吃草当成了生活的全部内容。放牧的马赛人，披巾上那泼辣的红色，比太阳更为耀眼。

　　在东非一带，以放牧为生的马赛人有百万余名，活动范围主要集中在肯尼亚南部

牛是马赛人
的重要财产

和坦桑尼亚北部。大部分马赛人仍然坚持着传统的生活方式，但也有小部分受过良好教育的马赛人融入了现代化的城市生活里。这一回，带我到 Emnyata 村庄逛游的，便是通谙英语的马赛人布哈马扎。

我是在小城卡拉图（Karatu）一家餐馆用餐时结识他的。当时，由于生意冷清，闲着无事的经理布哈马扎便趋前与我们攀谈，我趁机向他打听有关马赛人在坦桑尼亚（Tanzania）的生活情况，他的两只大眸子骤然闪出了熠熠亮光，兴奋地说道：

"我就是马赛人啊！附近有个村庄 Emnyata，村民百分之百是马赛人，迄今仍然活在古老的传统习俗里。如果你们有兴趣，我明天可以请一天假，带你们去逛逛。"

马赛人聚居的
Emnyata 村庄

正是"踏破铁鞋无觅处，得来全不费功夫"啊！在坦桑尼亚，马赛人虽然为数不少，可是，他们性子保守，要与他们打交道，难若登天；布哈马扎就好像是天上掉落下来的一锭元宝，让我喜出望外。

次日一早，识途老马布哈马扎充当我们的向导兼翻译，带着我们穿越了辽阔的草地，又在泥泞的小径上彳亍约莫半个小时，才在臭汗淋漓中来到了他老朋友耶沙鲁多的住所。

耶沙鲁多一看到我们，参差不齐的牙齿立马沾满了欢喜的笑意，他举起手杖扬了扬，表示欢迎，一串串话也热切地从嘴里溜出来。他大小两房妻室闻声走出来，亲切地以马赛语和布哈马扎寒暄。

布哈马扎（中）和耶沙鲁多（右）是多年好友

耶沙鲁多和两房妻室和乐融融地生活在一起

　　我发现老态龙钟的耶沙鲁多和他两房妻子的年龄相差甚远，探问之下，才知道了一个惊人的事实：原来马赛人迄今依然遵循着"指腹为婚"的古老传统，不过，"指腹为婚"不是为下一代儿女定下婚事，而是为自己"预订妻子"——比方说，村里有妇女怀孕了，想要娶妻的男子便可以上门去，以4头牛充当聘金，把亲事定下来。一旦瓜熟蒂落，他便把"妻子"寄养在岳父母家，每一年送一头牛给他们；等女孩长到14岁，才把她领回家去圆房。换言之，娶一门妻子，男子必须陆续地送出总共18头牛。这样的风俗，致使马赛族不重生男重生女。

　　"指腹为婚，万一生下的是男婴，怎么办呢？"我

她拿着我送的棒棒糖，
笑逐颜开

天伦乐

天啊，这棒棒糖的滋
味竟然如此奇妙

好奇地问道。

"那么，他便得耐心地等待下一胎了。"

"如果又是男婴呢？"我追问。

"他可以选择继续等，或者，另外寻找其他身怀六
甲的女子议婚；不过，这样一来，他就必须另外付出 4
头牛来当聘金了。"

"为什么不向原本定亲的妇女讨回那 4 头牛呢？"

"万万不可！这样做是会让村人耻笑和鄙视一辈
子的。"

值得一提的是，无论生下的女婴是盲的、聋的、哑的，是四肢残缺抑或是重度智障者，马赛人都会遵守信诺，迎娶入门。布哈马扎表示：马赛人一旦做了决定，不管结出来的瓜是圆的还是方的，是甜的还是酸的，甚至是苦的，都会欣然接受。

现年75岁的耶沙鲁多，在35岁那年，找到"指腹为婚"的对象，但是，她接连生下的两胎都是男婴，耶沙鲁多一直等呀等，等到40岁，才如愿以偿。年过半百时，耶沙鲁多又同样以"指腹为婚"的方式娶入了第二房妻子。现在，30余岁的原配和20余岁的次妻总共为他生了8个孩子，其中的3个稚龄女孩在母亲子宫里时，就已经许配给村里的成年男子了。

布哈马扎指出，马赛族信奉"多妻主义"，妻子就和牛只一样，越多越好；经济能力强者，娶一二十房妻妾是等闲之事。丈夫住在主屋，妻妾的屋舍宛如众星拱月般地把主屋团团地围着。夜里，丈夫究竟"宠幸"了哪一房妻子，没人知道，这也避免了众多妻妾争风吃醋的烦恼。

耶沙鲁多依照传统住在中间一所较大的茅屋里，两房妻子分别住在左右两边的泥屋内，一家人和乐融融地以放牧为生。

我看着那一大片辽阔的土地，忍不住问道：
"为什么他们不兼事农耕呢？"

"土壤太贫瘠，不利农耕。更重要的是，马赛人喜欢草原，而农耕必须翻土掘地，邋里邋遢的，他们不能接受。"布哈马扎解释道，"马赛族多以养牛为生，牛只对于他们而言，等同于财产，是代代相传的。为了便于牛只觅食，马赛族选择住在远离城市而绿草丰茂的地方。"

马赛人膳食简单，就以耶沙鲁多一家子来说吧，早餐喝茶、吃玉米糊；午餐吃黄豆泥、酸奶；晚餐吃玉米糊配小小的一块肉。对于肉类的保存，马赛人有一

经济能力强的马赛人养牛也养羊

个独特的方法——他们将肉切成块状，用融化了的牛脂加以油炸，之后，用盐腌了，放置于透风的箩筐里，据说可以保存十年不坏。

在柴火上烹煮食物

一般来说，一户马赛人杀一头牛，省着吃，可以吃上整整一年或更久。马赛人嗜喝牛血，饮用牛血的方式非常原始，用刀往牛脖子动脉处一扎，便用管子吸饮汩汩流出来的血；有者则将牛血和牛奶混合而饮——他们相信牛血能够给予他们取用不竭的精力和活力。

过去，马赛男子在成年之后都得接受一项严峻的考验，他必须单独杀死一头狮子，借以表示自己具有保护家人的能力。他们那种豁出性命的狠劲和不顾一切的彪悍，据说连狮子也闻风丧胆。杀死狮子之后，他们还会将狮子身上的脂肪割出，熬煮成液状的油，咕噜咕噜地吞下肚，他们相信狮子的油脂会让他们所向披靡。然而现在，狮子已经成了受保护的野生动物，这个传统自然而然也就消失了。

耶沙鲁多表示，如今，只有当狮子侵袭牛群或对他

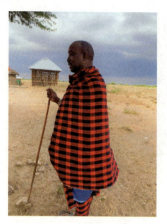

马赛人身披比阳光更耀眼的红袍

们的生命造成威胁时，他们才会扑杀狮子。对于昔日这个让他们展现英雄本色的古老传统，耶沙鲁多深深怀念。

马赛人崇尚大自然，喜欢食用植物的根以汲取维生素。偶尔生病，便到丛林采摘植物来治疗。化学添加剂对于他们来说，纯然是个陌生的名词，因此，许多马赛人都很长寿。

布哈马扎透露，马赛族在饮食上有个大禁忌，他们不吃鱼，不吃鱼的原因是匪夷所思的——在马赛人的心目中，具有极大的破坏性的蛇万分邪恶；而鱼在水中游走的姿态，恰像蛇在草丛里蜿蜒而行，所以，他们在两者之间画上了一个等号，坚决不吃邪恶的东西。如果有人送鱼给马赛人，他们会把这当作侮辱性的挑衅行为。

为了求证，我做了一个小小的试探。

我问耶沙鲁多的妻子们：

"你们喜欢吃鱼吗？"

牙刷长在树上

明明知道这不是一个讨喜的问题，可是，当布哈马扎把我的话翻译成马赛语时，她们激烈的反应还是吓了我一跳，只听得她们以足以刮破我耳膜的声音喊道：

"鱼？啊，不不不！不不不！我们不吃，绝对不吃！"

尖利的声音，把无辜的空气都割伤了。嘿嘿，如果我真的把一尾鱼送到她们面前，后果之严重，委实难以想象啊！

我注意到耶沙鲁多的耳垂有两个很大的洞，他表示，这是马赛人多年来一直坚守的传统。不论男孩女孩，到了七八岁时，都必须由巫医在耳垂上以刀子截出一个洞，在洞里渐次塞入由小而大的木条，耳垂的洞撑得越大、耳朵拉得越长，便越符合马赛人的审美标准。很多时候，由于医疗与卫生条件不好，往往会使耳垂溃烂数月，然而，为了保留传统，他们甘之如饴。耳洞越撑越大，大得足以穿过一只拳头时，便大功告成了。这时，女

马赛人喜欢以饰物将自己装点得缤纷多彩

的便会在长长的耳朵边缘挂上缤纷的饰物，招摇过市；男的呢，在放牧牛羊时，为了避免耳垂被树枝牵扯而纠缠不清，他们会把晃荡的耳垂像头发一样束起来。

此外，马赛人也喜欢以火烙红尖刀，在脸上划出永不消退的花纹。

耳洞与花纹，加上常年不离身的披巾和手杖，就变成了马赛人典型的标志。

马赛人还有一个"未雨绸缪"的做法：不论男童女童，到了五六岁时，便得敲掉上下两颗门牙，万一他日患上重症而无法张口时，就可以撬开嘴巴，把药水和牛奶从那个小小的牙洞里灌进去，真可说是简单粗暴啊！

每年的 12 月，所有 18 岁的马赛少年便得进行一生当中最重要的一件事——他将会被送到丛林深处一所与世隔绝的草屋里，由巫医为他进行割礼。割礼过后，他必须在那儿逗留长达一个月，家人会轮流陪伴他，给予他无微不至的照顾，并灌输他以各种为人处世的道理。割礼过后，少年便正式迈入成年的门槛了，日后倘若在行为上犯错，便得面对严厉的惩罚。

布哈马扎说，在坦桑尼亚，马赛族要走上现代化的道路，还需要一段很长的时间。原因是多生多养的马赛人不注重教育，而四处迁移的放牧生涯也限制了孩子受教育的机会，老幼几代都目不识丁，自然无法与时俱进了。一般马赛人看到的，只是牛群带给他们的眼前利益，至于藏在书籍里的"黄金屋"，就犹如水中月、镜中花，根本是触不着的。雪上加霜的是，他们又执着于许多和时代相悖的传统观念，固步自封。

尽管政府一再强调教育的重要性，也尝试通过强制的措施让马赛人接受教育，然而，"言者谆谆，听者藐藐"，大部分住在偏远地区的马赛人都我行我素，政府也鞭长莫及，莫奈他何。

那天中午离开 Emnyata 村庄时，迎面走来了一个大腹便便的年轻孕妇，耶沙鲁多告诉我，这个孕妇 17 岁，腹中的孩子已经"定亲"了。

我发出了一声叹息，沉甸甸的叹息落在地上，快速地隐没在泥土里，痕迹全无。

这孕妇腹中的孩子已经许配给村中的成年男子了

野性的魅力

　　那天早上，毫无瑕疵的太阳像是假的，广袤的空间，沐浴在琉璃般的透亮色光里。

　　四轮驱动的越野车子一驶入坐落于坦桑尼亚的塞伦盖蒂国家公园（Serengeti National Park），我便不由得大大地吓了一跳。

　　这个地方，着实让人目不暇接，动物跑着的、走着的、卧着的，无处不有，每个犄角旮旯都满溢着野性的魅力。

　　老马识途的导游库费瓦告诉我，塞伦盖

黑斑羚矫健
而又美丽

蒂国家公园是坦桑尼亚的第一座国家公园，过去是马赛族的聚居处。1920年，英国的探险家在这儿狩猎，射杀了大约50头狮子，导致狮子种群数目急速锐

非洲野水牛十分危险

减。1921年，英国殖民者在周遭地区设立了一个面积3.2平方千米的"禁猎区"，1929年，"禁猎区"扩展到整个塞伦盖蒂地区。到了1951年，为了保护所有的野生动物，有关当局便创建了占地14750平方千米的塞伦盖蒂国家公园。

"那么，原本居住于此的马赛人，迁移到了哪儿呢？"我问。

"问得好！"库费瓦重重地点了一下头，说道，"他们都迁移到恩戈罗恩戈罗自然保护区居住了。有人说，这是在殖民当局的胁迫和欺骗下进行的，并不是他们的意愿，因为马赛人一向都喜欢住在辽阔的平原上，以放牧为生。"

目前，悠游自在地生活于塞伦盖蒂国家公园里的，有狮子、豹、转角牛羚、大角斑羚、鬣狗、狒狒、黑

斑羚、非洲野犬、长颈鹿等。此外，公园里还有约500种鸟类，如鸵鸟、蛇鹫、南非大鸨、丹顶鹤、非洲秃鹳、战雕、情侣鹦鹉、秃鹰等，不胜枚举。

库费瓦指出，狮子、豹、大象、水牛、犀牛，是鼎鼎大名的"非洲五霸"，它们的防范意识和防御能力都很强。

我好奇地问道："为什么河马没被罗列在内呢？"

初当母亲的河马，十分危险

对此，他回答，看起来像是巨无霸的河马，自我防卫的意识却非常薄弱——只有那些初当母亲的河马，为了保护小河马，才变得较有警觉性。

"五霸当中，以豹子最为凶猛，侵袭性也是最强的。"库费瓦绘声绘色地说道，"它是独行侠，喜欢躲在树上的叶丛里狩猎，一旦猎物出现，它便会以115千米的时速向猎物飞扑而去，百发百中。它最喜欢吃羚羊，捕到了，便用嘴衔着，飞跃上树，慢慢享用。"

车子驶着驶着，库费瓦突然兴奋难抑地喊道：

"瞧，狮子！"

不远处，雌雄两头狮子正懒洋洋地趴在树丛里睡觉，它们睡姿是如此地安详，神情是如此地宁静，宛如两头温驯的大猫。一群活泼的斑马，不知道天敌就近在咫尺，嬉戏得极为欢快，我几乎可以听到它们那自在的笑声了。幸好狮子睡得烂熟，这群斑马才幸免于难。在处处陷阱的丛林里，有时还得靠点运气才能苟活啊！

"狮子是百兽之王，在丛林里活得最为逍遥。"库费瓦说，"它们嗜食肉多味美的斑马，而对于狮子来说，最易捕杀的猎物，莫过于斑马了。斑马常常在清晨或傍晚时分麋集于河边喝水，而胃囊沉甸甸地盛满了水的斑马，动作往往较为迟钝，所以，狮子要扑杀它们，易如探取囊中物。"

如果狮子要擒捕其他体形较大的动物，便较为费劲了。有一回，库费瓦目睹了四头狮子围杀水牛的惨烈战役，狮子狂撕猛咬，水牛哀号之声惊天动地，鲜血激射如喷泉，像把天上的云絮都染成了红色。我听了，连耳朵都起了鸡皮疙瘩，然而，库费瓦却耸耸肩，若无其事地表示："物竞天择，适者生存，像这样的战役，在丛林里无时不有，不值得大惊小怪。"

在野生动物园里当导游长达17年的库费瓦，说起动物的故事，如数家珍。

他表示，塞伦盖蒂国家公园每年都会有超过150

万只牛羚和大约 25 万匹斑马大迁徙。牛羚和斑马，是生死之交，在七八月份的大迁徙中，总看到它们如影随形。丛林里处处陷阱，牛羚和斑马各有长处和短处，彼此左右相伴，便能取长补短。它们共同的天敌是狮子，斑马视线佳，牛羚嗅觉强。斑马远远看到狮子的踪影便快速奔逃，牛羚也会随它狂奔；反之，牛羚闻到狮子的气息而飞快窜逃，斑马也会紧随其后。此外，斑马记性强，牛羚记性弱，在涉河而过时，斑马清楚记得哪儿是鳄鱼聚集之处，会刻意避开，可牛羚却不记得，为保平安，便紧随斑马。最糟的一种情况是，遇到狮子时，健忘的牛羚往往跑到一半便忘却自己为何而跑，它们会停驻脚步，惬意地浏览周遭风光，及至看到斑马还在死命奔逃，才猛然醒悟强敌还在后头，又紧紧张张地继续逃命。

库费瓦指出，在陆地，牛羚和斑马是知己。在河里，鳄鱼与河马则是好搭档——两者旗鼓相当，谁也赢不了谁，加上食性不同（鳄鱼吃荤，河马食素），没有恶斗的理由和必要。它俩的天敌也是狮子，不过，鳄鱼比河马幸运，因为它皮硬骨多，狮子不爱吃，很少惹它；至于每头重量介于 1500 至 2000 公斤的河马呢，浑身的肉既多又软，异常可口，得到狮子偏爱，只是河

牛羚多不胜数　　　　　　如影随形的斑马

马力道大，牙齿锐利，所以，狮子必须联合五六个同伴一起围攻，才能得逞。狮子一餐至少要吃上四五十公斤的肉，如果能够扑杀一头体形硕大的河马，一家大小吃后可以饱得一起打嗝。

我问库费瓦，万一他在丛林里和猛兽们窄路相逢，怎么办呢？

对此，经验老到的库费瓦自信地说道：

"如果遇上性子强悍的狮子，必须镇定而大胆地直视它的双眼，然后慢慢地、一步一步地往后退，让它知道，你对它不具任何威胁性。水牛惯于横冲直撞，所以，你得平平地直躺于地，让它失去攻击的目标。豹子多数待在树上，它最恨的是镁光灯，灯一闪，它便会由树上冲下来，发动攻势，所以，只要你不触犯它的禁忌，基本上是安全的。河马视力弱，嗅觉强，遇上了，只要作S状逆风而跑，便能躲过一劫。大象呢，攻击性不强，保持距离便没事。"

库费瓦警告说："最具攻击性的，是那些初当母亲的河马，为了保护初诞的小河马，它们会变得不要命般凶猛和暴戾，它们曾经有一口把人咬成两截的纪录，一定得小心防范。"

1981 年，塞伦盖蒂国家公园被列入联合国教科文组织公布的世界遗产名录。在这个公园里，无时无刻不在上演紧张刺激的故事，对于来自世界各地的游客来说，充满了野性的魅力。

听，不远处，又传来了狮子吼叫的声音……

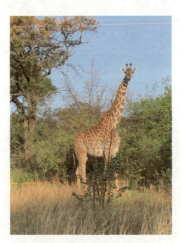

顾盼自如的长颈鹿

善意遍地开花

那天傍晚，到卡拉图郊区的一家餐馆 Lilac 用餐。环境幽静，餐馆一隅，设有沙发，让食客一边观看电视，一边等待上菜。

我正在看电视的当儿，一名银白鬈发闪着亮泽的妇人，推着一辆婴儿车走了进来；婴儿车里坐着个一岁多的非洲小男孩，咿呀咿呀地说着只有他自己听得懂的话。妇人亲昵地俯首看他，眸子里的笑意泛滥到脸上，像个慈爱的祖母。

妇人在我身旁坐下，友善地打招呼："嗨！"指了指小男孩，微笑地说："这是我的宝贝孩子。"我吓了一大跳，满脸皱纹的她，看起来至少 70 岁了，难道说，这是"老蚌"生的"珍珠"？不待我发问，她又说道："我总共有 107 个孩子呢，他是其中的一个。"

攀谈之下，我才知道，琳达来自英国，10 多年前到坦桑尼亚设立了慈善收容所"非

琳达和小威廉

洲之光"，专门收养被父母遗弃的孩子。这些孩子当中，有身体健全的，也有四肢残缺的。最高纪录时，"非洲之光"总共收留了 276 人。

琳达不但周全地照顾孩子们的食宿，而且等他们一到入学年龄，便会按照各自情况，把他们送入聋哑学校、技术学校或者是普通的中小学校求学。她坚信，只有教育才能帮助他们脱贫。

孩子们长大后离开"非洲之光"收容所时，每个人都拥有一技之长。他们分别当上教师、护士、设计师、导游、美发师、美容师、按摩师、侍应生等。其中有一个成员约翰，还开设了一家小食店哪！琳达至感欣慰的是，在她长期的熏陶下，约翰也凭着"老吾老以及人之老，幼吾幼以及人之幼"的精神，时时给老者和贫者提供免费餐食。

琳达语重心长地说：

"以善意报答善意，善意才能遍地开花。"

古道热肠的琳达是英国人，长期在伦敦当义工。家里三个孩子长大成人后，有人劝她到非洲去，因为那儿有更多人需要帮助，工作也更富挑战性。她一听便动心了，可笑的是，当时的她，对非洲一无所知，她对旅行社的职员说："为我订一张机票，我要去非洲。"对方问道："非洲大陆总共有54个国家啊，你究竟想去哪个国家呢？"平素喜欢爬山的她突然想起，非洲最高的乞力马扎罗山就坐落于一个叫作"坦桑尼亚"的国家，于是冲口而出："我要去坦桑尼亚！"订了机票后，家人都认为她疯了，一致要她退票，可她铁了心要去，还苦劝丈夫与她携手同行，丈夫一口拒绝了。她孑然一身飞往坦桑尼亚，而这个决定，硬生生地斩断了两人数十年的夫妻情。别人以为不消多久她便会知难而返了，万万没有想到，她越干越起劲。她说："我已决定终老于此了。"

我没有问她内心的感受，因为啊，从她脸上满溢着的爱、自豪与自信，我已经找到了答案。

初来乍到时，琳达去参观坦桑尼亚的一个小村庄，看到令她永生难忘的一幕。一个衣衫褴褛的小童，被一群孩子欺负——大大小小的石块伴随着讥笑、吆喝和咒骂，如冰雹般不依不饶地朝他落下，小童左闪右避，却无法逃脱。事后，琳达才知道，这个小童在母体里感染了艾滋病，一出娘胎便备受歧视。当琳达看到小童眼里的绝望时，她心碎了。

琳达明确地知道，这绝对不是一桩单一的事件。

次日一早，她到位于住处不远的乞力马扎罗山去，一面吃力地向上攀爬，一面诚心地祈求上天给她力量，让她好好地帮助这些可怜的孩子。

她动情地说道：

"我所能做的，只是沧海一粟，可是，如果沙滩上的海星遇不到热心人，就一个都不会得救啊！"

此刻，婴儿车里的小男孩嘟嘟囔囔地发出了一些声音，她俯下头去，温柔地问道：

"威廉宝贝，告诉琳达妈妈，你要什么？"

听懂了他的话以后，她从皮包里取出奶油饼干给他，他小口小口地咬着吃，一脸都是甜蜜的幸福。

一岁多的小威廉，有着极为坎坷的身世。

逗弄小威廉

　　他的母亲安塔尼娜在 16 岁那年被歹徒强奸，怀上了他，因而精神失常。他出世后，坦桑尼亚的福利部门联系琳达，以母亲无法照顾为理由，请她收留这个小男婴。她到医院去探望母子俩，看到婴孩躺在母亲怀里吮吸母乳，无比温馨。琳达觉得让孩子一出世便离开母亲的怀抱，有悖伦常，于是，破例连母亲也一起收留。碍于安塔尼娜精神状态不稳定，琳达从不让她单独与婴孩共处一室。有一天，琳达刚把泡好的牛奶拿到床边，又来了紧急电话，她匆匆跑出去接，几分钟后回来，看到安塔尼娜抱着小威廉在喂奶，她不疑有他，心里还暗暗高兴。可是，小威廉喝完奶不久，整张脸赫然转成了青紫色，陷入休克状态。琳达十万火急地把他送往医院，在医生的抢救下，捡回了一条小命。事后得知，安塔尼娜在她接电话的当儿，将一整瓶盐用微波炉加热溶化了，倒进奶瓶里，拿去喂小威廉！知道安塔尼娜的病情不轻，琳达于次日安排她住进了心理卫生治疗所。她说，等安塔尼娜治愈之后，再让母子俩团聚。

琳达透露，那次意外发生后，小威廉身体的防疫系统便弱化了，屡屡生病。不久之前，他发烧，呼吸不顺，鼻涕长流，烦躁不安，食欲不振。然而，小镇医生却只是当作普通感冒来医治；后来，他出现了腹泻、呛奶、呕吐及呼吸困难等症状，琳达怀疑是肺炎，但医生仍不当一回事。她见情况危急，连夜坐车赶到距离小镇170公里的卡拉图，把他送进医院里。一经诊断，小威廉果真患上了肺炎。幸好治疗及时，否则，后果不堪设想啊！

琳达在医院里 24 小时不休不眠地照顾小威廉，他目前已经脱离了危险期。是琳达的爱心，一次又一次地将小威廉从死亡的边缘救回来。

今天，琳达见他精神不错，便带他出来逛逛。这家医院就坐落于 Lilac 餐馆隔邻。此刻，浓黑的暮色贪婪地吞噬了窗外的一切，路边的街灯，像是一个个伫立着的梦。厨房里飘出了烤猪排的香气，我邀请琳达共进晚餐，她摇头，淡淡地说："我一般吃得很简单。"说毕，从皮包取出了一个粗麦面包，就着矿泉水，有滋有味地吃着……

在非洲孜孜矻矻地播种善意之花的琳达，在物质上，过着像苦行僧般的生活；然而，她的精神世界富可敌国。

渔市和集市

在达累斯萨拉姆（Dar es Salaam）逛渔市，真是一段愉快绝顶的经历。

濒临印度洋的达累斯萨拉姆，是坦桑尼亚的重要港口，渔产异常丰富。

这天早上，无遮无拦的阳光爽爽朗朗地洒满了大海，海面上有二三十艘渔船已经靠岸了，一箩箩鲜鱼从渔船里被抬到岸上出售，抢购的人多如过江之鲫。有的渔夫把鱼直接送到鱼摊上，鱼贩就轻车熟路地为鱼开膛破肚，刮鳞去肠；鱼腥长了翅膀，伴随着吆喝

渔市一瞥

鱼贩们在杀鱼

靠岸的渔船

声，四处飞窜。鸟儿和苍蝇都在觊觎，唧唧的叫声和嗡嗡的鸣声相互撞击。那种匪夷所思的丰收场景，那种超乎想象的喧闹场面，着实让我目瞪口呆。

　　在这个满溢生活气息的地方，渔夫和摊贩都十分友善，当我们好奇地东张西望，兴奋地穿梭来去时，看到的是一张张亲切的笑脸，听到的是一声声热切的欢迎。他们指着我们的相机，扮出各种滑稽的鬼脸，笑嘻嘻地说："来来来，来拍照啊！"我们拍啊拍的，镜头后清晰地传出了一串一串爽朗的笑声……

　　离开了渔市，召来计程车，告诉司机，我们要去 Kariakoo 集市，岂料司机一听，便说：

　　"啊，那个地方，藏污纳垢，很不安全，我看，你

市场上的老妇人

们还是别去了！再说嘛，那儿卖的都是日常用品，游客不会感兴趣的……"

我打岔：

"嗳，我不是去买东西的，我只是想去逛逛。"

"那儿也没有什么东西可看啊，不如我载你们到手工艺市场去逛吧！"

我以小人之心度君子之腹，一心认定他想赚取购物的佣金，所以，斩钉截铁地应道：

"不不不，我不想买手工艺品，请你送我们去Kariakoo集市吧！"

他不再说话了，抵达后，还一再叮嘱：

"扒手很多，你们得小心啊！"

小心驶得万年船，我把皮包紧紧地攥在身前，日胜也把护照和皮夹等重要的东西转移到背包的暗格里去。

集市很大，主要的街道分岔出数也数不清的纵横小巷，宛如嚣张伸展的蜘蛛网。摊贩多如恒河沙数，摊子星罗棋布，然而，司机说得对，虽然百货齐全，却都是一些质次价廉的货色。让我吃惊的，是人。无数的人，从各个方向、各个角落，源源不绝地涌出来、涌出来，我举步维艰。

逛了约莫一个小时，臭汗淋漓。我们打算去吃午餐，日胜想用手机全球卫星定位系统查看地图，然而，手一伸进裤袋，便惊喊："糟了！"他的手机，居然在我们的高度戒备下，无知无觉地被扒掉了！扒手功夫之高，着实令人叹为观止。

到警局去报案，哎呀，我可从来也没有看过一所"生意"如此"兴隆"的警局！许多报案者，都是如假包换的本地人。整所警局，喧闹得好似一家超级市场。我们由中午 12 点一直等到下午 2 点许，饿得前胸贴后背，才轮到我们。警员振笔疾书，不到五分钟，便写好了报告。嘿嘿，真是熟能生巧呀！

虽然报了案，可是，直到我们离开坦桑尼亚那一天，调查工作依然没有任何进展。

唉，不听善人言，吃亏在眼前呵！

头发的故事

　　在坦桑尼亚，走在路上，不论是大城或是小镇，都有一个极为奇特的现象——由七岁而至十多岁的男男女女，全都顶着光秃秃、圆溜溜的脑袋，光可鉴人，看在眼里，颇为突兀。

　　探询后得知，根据坦桑尼亚政府的规定，凡就读于政府小学与中学的男女学生，一律得把头发剃光。

　　有关当局表示，让学生剃光头，一石多鸟。

当地政府规定，中小学生必须剃光头

其一，夏天炎热，跳蚤滋生，没有了头发，跳蚤便难觅栖身之处了，个人卫生得以保持；其二，坦桑尼亚水源匮乏，

两位光头女孩子

不蓄头发，能省下洗头的水；其三，少了三千烦恼丝，天生爱美的少女便可专注于学习了。

上述冠冕堂皇的理由，使校方"执法如山"，但也同时带来了一个"后遗症"——由小学到中学，多年来严守"禁令"的女学生，一旦走出校门，便会将满头青丝叠床架屋地弄出一个又一个花里胡哨的发型。有时，为了梳个标新立异的发型，就算耗去四五个小时也在所不惜。一个花式繁复的发型，可以维持一两周，过后，清洗了，拆散，又"另起炉灶"，弄得更繁杂、更诱人。一寸寸宝贵的光阴，就如此毫不痛惜地用在调弄发型上了。物极必反，诚然！

当地女学生都无奈地表示：她们不喜欢这种光着脑袋的形象，那种雄赳赳的模样，把女性天生柔美的特质全都夺走了。就我个人而言，阴阳有别，强制女学生剃光头，犹如要求男孩穿裙子一样不合理。在制定校规时，

无论男孩女孩，都是清一色的小光头

校方固然应该考量现实的需要，但是，也应该顾全莘莘学子心理方面的需求。

我想，让女学生留一头清新爽利的短发，或许是比较容易接受的中庸做法吧！

来到了坦桑尼亚的城镇卡拉图，我还发现了另一个有趣的现象。

理发店就好像野草一样，到处"滋生"。三五步内，便有一家。一个人口数万的城镇，怎么可能容得下如此多理发店？

打听之下，才发现卡拉图这小镇距离著名的旅游景点恩戈罗恩戈罗火山口只有短短的 25 公里，那儿旅馆供不应求，许多游客只好转而求宿于卡拉图；此外，这地方土壤肥沃，气候宜人，许多英国人在此种植咖啡，从事优质咖啡出口的生意，来往商贾多不胜数。

为了提高就业率，政府鼓励人们创业，凡开设理发店者，不必缴税。理发与发型设计业靠的是手艺，这技艺易于掌握，而需要的本钱又相应地低，因此，年轻人云集响应，小镇理发店多如雨后春笋。

男人理个头发，收费 1000 先令（折合人民币约 3.12元）；女子设计一个发型，收费 5000 先令（折合人民币约 15.58 元）。

除了游客外，当地人也喜欢上理发店。许多女子平时远到 25 公里外的旅游景点工作，收入颇高，每个星期回来探访家人时，便去弄个新发型，宠宠自己。最妙的是，在卡拉图，男子追求女子时，最常赠送的"礼物"，居然是让她去理发店弄个别致的发型，以她的漂亮来怡养自己的双目。

走在街上，处处都可以看到环肥燕瘦的成年女子梳着千变万化的发型，千娇百媚地招摇过市，与光着脑袋的女学生相映成趣……

发型是区别成年女子与学生的重要标志

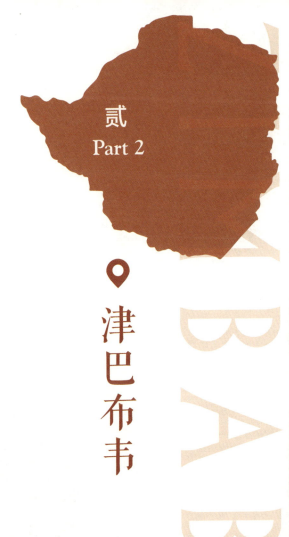

贰
Part 2

津巴布韦

岩画和玉米

在沙飞尘扬的泥路上彳亍彳亍，步行了一个多小时，来到一条深及膝的溪水旁，我们撩起了裤管，涉水而过。溪水湍急，必须步步为营。溪水旁边，是层层叠叠、连天而去的岩壁，我们攀岩而上。岩石嶙峋，杂树横生，攀爬时，险象环生，一旦失足，就会

津巴布韦博物馆展示布须曼人在岩壁绘画的场景

直坠山崖，所以，我们都如履薄冰。

攀上了山崖高处，史万卡把我们引到一个隐秘的岩洞前，就在那坚硬的砂岩上，我清清楚楚地看到了赭红色的岩画，绘的是豹、狼、野牛、鹿、犀牛、长颈鹿、斑马、羚羊、猎人、劳动妇女等图案。

这些岩画，忠实地记录了五六千年前布须曼人（Bushmen）的原始生活形态。

从 18 世纪开始，人们在非洲许多地方的高山岩洞和悬崖峭壁上，发现了史前的原始岩画。津巴布韦（Zimbabwe）可说是非洲南部岩画艺术最集中的国家，岩画散布在全国数千个地方，据说其中历史最悠久者，可以追溯到两万年前。

擅长于画岩画的，是布须曼人。他们身材矮小，女性一般只有1.3米左右，而男性呢，最高者也不超过1.6米。皮肤黄里透红，颧骨极高，头发浓密而卷曲，呈颗粒状。"Bushman"这一称呼，实际上源自英国殖民者，意为"生活在灌木丛中的人"。这个称谓，虽然有欠尊重，但非常形象地反映了他们的生活状况。

史万卡告诉我们，布须曼人又称桑人（San），是生活于南部非洲丛林中的土著。根据考证，他们是人类早期的祖先之一，有语言，没文字，以图腾记事。在布须曼人聚居的部落中，男人负责狩猎，捕获的猎物大家一起分享；女人则负责到丛林里采集植物的根、茎和果实，用以炊食。一个有趣的考证是，由于妇女的劳动成果提供了布须曼人每年超过半数的食物，而男人们在狩猎季节里只能提供全年食物的20%～40%，因此，布须曼妇女在部落中享有崇高的地位，有发言权和决策权。瞧，经济实力主导社会地位的尊卑，自古已然。

"以狩猎为生的布须曼人在岩壁上画动物，目的有

岩画图案

岩画图案显示劳动的情景

二：其一是借此通知族人这一带有哪些可猎食的动物；其二是借此警告族人山林里有危险猛兽（如豹子和野牛等）出没，小心为要。"史万卡解释道，"岩画充分传达了他们守望相助的心态。"

至于以人物为素材的岩画，则忠实地记录了当时的生活场景。

"瞧，这三个披着兽皮的猎人都戴了面具，而且，都有着尾巴。这是布须曼人乔装成动物，把野兽引诱出来加以捕获的伎俩。"史万卡说，"另外，这些妇女背

着的是薪柴，由此可见，上山砍柴也是女人的工作。"

布须曼人以岩壁充当坚硬的"画布"，以手指、豪猪尖刺和鸟羽为画笔，通过富于生活气息的岩画，记下了千古流传的"不朽日记"。

这些岩画，绘在高山隐秘的岩区，没有经历人为的破坏，且干燥的气候也给它提供了天然的屏障，所以，可以完整地保存至今。然而，让我迷惑不解的是，为什么经过了数千年岁月的洗礼，岩画的色泽还清晰如昨呢？

"根据考证，布须曼人是以多种物质混合而制造出不易褪色的颜料的。这些东西包括了鸵鸟蛋清、大象油脂、野兽血液、研磨成粉的树皮和树根。至于他们用的是什么植物的树皮和树根、什么野兽的血液，众说纷纭，莫衷一是。"史万卡说道，"老实告诉你，我曾经把无花果树的树根、树皮磨成粉末，掺入羊脂、羊血和雄鸡蛋的蛋清，在砂岩上绘画，结果呢，才十来分钟，颜彩便没入岩石里，绘上的岩画也消失无踪了！"

远在西方殖民者入侵非洲南部之前，布须曼人至少有20万，而根据布拉瓦约博物馆（Bulawayo Museum）的资料显示，布须曼人如今只剩下寥寥的25000人，主要分布在博茨瓦纳（Botswana）和纳米比亚（Namibia）

境内。受现代文明的影响，布须曼人已经放弃了传统的狩猎与采集生涯，以务农为生。绘岩画？那听起来已像是天方夜谭了。

从高山上回返平地，中午的阳光透过树叶的间隙轻俏地落在身上，在微风里，闪闪烁烁地化成了变幻不定的绿色光影。

生性热诚的史万卡微笑地问道：

"我就住在离这儿不远的村庄里，你们可愿和我的家人共用午餐？"

大喜过望，猛猛点头。

回想起两天前，我们来到了这个位于津巴布韦东南部高原的小镇马斯温戈（Masvingo），在参观了被列为世界文化遗产的大津巴布韦遗址后，我向旅舍东主打听，上哪儿可以欣赏到布须曼人的岩画。

津巴布韦高原小镇马斯温戈

"布须曼人的岩画全都散布在云深不知处的高山啊，必须有熟悉山区环境的人带路，才能找到。"他热心地指点迷津，"我认识附近村庄的一个村民史万卡，他是识途老马，我就请他带你俩上山去看吧！"

　　在他的穿针引线下，史万卡今天一大早便到旅舍来了，他轻车熟路地领着我们上山去，看过了布须曼人的岩画，又兴致勃勃地邀我们到他的村庄去。

　　史万卡是绍纳人（Shona），绍纳族在津巴布韦占总人口的四分之三，主要务农。

　　史万卡住在尚瓦村（Shangwa Village），村庄人口数百。我们步行了大约一公里，便抵达了。津巴布韦大部分地区都面临供水短缺的问题，然而，尚瓦村附近却有来自高山的清澈山泉。村民掘地为井，不虞水源匮乏；史万卡更别出心裁地挖了水道，将山泉引入自己庭院的储水池里，一年到头都有甘甜可口的泉水可供饮用。难怪史万卡总眉飞色舞地把自己的居处称为"世外桃源"。

　　在屋后的储存库里，堆积如山的玉米棒散发出金灿灿的奢华亮光。玉米，既能果腹，又有营养，是津巴布韦人的主食——他们早餐吃玉米粥，午餐和晚餐就吃玉米泥。

史万卡栽种的玉米每年收成两次，年产量高达三吨。自家吃，也销售给批发商。

玉米收成之后，必须在阳光底下曝晒一个月，让它干得透透彻彻，才用碾磨机把它研磨成粉。史万卡每次碾50公斤，吃完再碾。此刻，村庄远远近近都热热闹闹地响着碾磨机转动的声音，史万卡笑着说："听，这就是尚瓦村的背景音乐了——在尚瓦村，婴儿9个月便开始吃玉米粥了，稍大，改吃玉米泥，如此这般，到了耄耋之龄，依然还是餐餐玉米泥。毫不夸张地说，没了玉米泥，我们便活不下去了。"我问他："我曾在菜市和超市看到有现成的玉米粉出售，为什么村人还要大费周章地自行研磨呢？"史万卡毫不苟且地说道："收成、晒干、储存、碾磨，一切亲力亲为，才能确保玉米粉百分之百的纯度啊！"

玉米是津巴布韦人的主食

午餐时分，史万卡领我到厨房去。他告诉我，厨房是绍纳人煮炊和用膳之处，也是亲朋好友定期聚餐、家人商讨重要事项

厨房是绍纳族人最重视的生活场所

和举行各种喜庆活动的地方。值得一提的是，厨房竟然也是孕妇分娩和死者入殓举殡的地方。换言之，人生的开始和结束，都在厨房。

我坐在厨房里，看史万卡的妻子乔丝琳烹煮玉米泥。她把大锅放在柴火上，将水煮沸，把玉米粉一勺一勺地加入，不停地搅，搅搅搅，到了浓度相当时，压上盖子，煮 15 分钟，中间还必须不断地掀开盖子来看，一旦发现浓度不足，便酌量加入玉米粉。当洁白的玉米粉渐渐变成浓稠的米黄色时，便大功告成了。可别小觑这工夫啊，它考验耐性，也讲究腕力，一分钟也不能离开炭火；此外，玉米粉和水的比例也必须拿捏得很准——玉米粉太多，玉米泥硬邦邦的；水过多呢，又变得稀拉拉的，总之，多一勺粉或少一匙水，都会影响玉米泥的质地。

史万卡表示：科技发达，现代炊具已为主妇减轻了许多工作负担，唯有这玉米泥，还是必须按照传统的方式一板一眼地煮；而且呵，做一餐，吃一餐，绝对不会把两餐的玉米泥合在一起做，原因是玉米泥在外面搁置一小段时间，就会变硬、变味了。

按照绍纳族的传统，大家共进午餐时，女性必须席地而坐，男子呢，则可以舒舒服服地坐在石椅上。我不满地说："什么时代了呀，还有这样的性别歧视！"史万卡耸耸肩，应道："传统难违啊！"大家坐定后，乔丝琳端着一壶水、一个面盆，让大家逐个洁净双手，然后，把玉米泥和两堆切得细细碎碎而又煮得糜烂不堪的蔬菜一一盛在盘子里，这就

乔丝琳将煮好的玉米泥分给各人

玉米泥是津巴布韦人的最爱

是他们的日常膳食了。菜，分别掺入了花生酱和南瓜酱，味道浓郁，和口感粗糙而味道清新的玉米泥是很好的配搭。史万卡抓起一小撮玉米泥，在掌心里搓成圆球状，再拿起一点菜，和玉米球一起放入口中，吃得津津有味，我便也依样画葫芦地饱餐了一顿。

　　离开村庄之前，我们去参观当地一所学校。在一个布棚里，厨娘正站在一个巨型的大锅前，为全校 400 名学生烹煮玉米泥，垂涎欲滴的学子围在布棚外面看。玉米的香气四处飘荡，啊，这是他们自襁褓期就闻着长大而又百闻不厌的一种味道，一种让他们安心的味道。

　　居所可以很简陋，物质可以很匮乏，但是有了玉米泥，津巴布韦的老老少少、男男女女，满心满怀都是享不尽的幸福了。

友善的村民

货币的故事

　　货币，对于津巴布韦人来说，是一个五味杂陈的瓶子，里面装满了苦味、辣味、酸味、咸味、涩味，独独没有的，是甜味。

　　在津巴布韦，钱币兑换商多如过江之鲫，他们坐在城市的犄角旮旯里，静待顾客。每个钱币兑换商给予顾客的兑换率都不一样，且同一天的兑换率竟然也高低不同，时时都处在波动的状态中。

　　债券和美元，在津巴布韦是全国通用的，可是，一般高档的餐馆或购物中心，只收美元，一个餐馆东主说得好："我收美元，如果赚了一元，那就是实实在在的一元，揣在怀里，心里踏实啊！如果收债券的话，不知几时会出其不意地化成烟气、变成流水，飘走、流走，痕迹不留。"这一番话，充分地道出了他们内心的不安和恐惧。债券，已成了人人心中的"井绳"。

既然可用美元，为什么游客还要自讨麻烦地去兑换债券呢？问题就在于一般的小店铺、小摊贩和计程车司机只拥有面额低的债券以供找换，为求方便，不得不换点债券来花。

　　2006年，津巴布韦遭逢了恶性通货膨胀，2008年，津巴布韦发行了迄今全球面值最大的纸钞，区区一张纸钞的面额居然高达100万亿，着实令人咋舌！物价像火箭一样向上飞蹿，毫不夸张地说，日常食品如面粉、糖、鸡蛋、牛奶、肉类、蔬菜、水果等，几乎每隔几分钟便向上调整价格，百姓出门购物，就算是买小小一个面包，也必须手提一个鼓鼓囊囊地装满了钞票的大袋子。人人都是"亿万富翁"，可是，人人都食不果腹。

　　到了2009年，津巴布韦不得不弃用自家的货币（津巴布韦元），转为流通美元等货币。

　　然而，由于贸易出现赤字，经济持续恶化，津巴布韦又面临外币供应短缺的窘境。

　　及至2016年，津巴布韦的中央银行发行了与美元等值的债券货币，借以保持市场货币的流通性。到了最近一年多，美元和债券货币的官方汇率与黑市汇率的差距不断扩大，不再是1:1的汇率了。依我个人的经验，

钱币兑换商

1美元最高可兑换高达8津巴布韦债券，物价也因此大幅度上涨，百姓叫苦连天。

作为一名初来乍到的旅客，最令我苦恼的是，在口头上，当地人把美元（USD）和债券（Bond）都称为"Dollar"，比方说，乘搭计程车时，明明不是很远，司机却要价"fifteen dollars"（15元），我们嫌贵，后来才知道他要的其实是"Bond"。这两种货币的价值，相差不可以道里计呀！到服装店去，一件衣服要价220 dollars，我以为是债券，后来才知道要的是美元，诸如此类，混淆不清。

对于许多津巴布韦人来说，债券虽然是市面流通的钞票，但却是不具实质价值的钞票，收着，心里忐忑；走出国门，就算腰缠万贯也没有用，因为它不为任何国家所接受。此外，在津巴布韦，举凡买房子、车子等价昂的东西，都必须用美元。当地人苦笑着说："债券，是进行小交易的一种媒介而已，只能象征性地用用。"

一名计程车司机对我大吐苦水：

"过去，我经商赚来的辛苦钱，全都成了废纸，我妻子只好用来做墙纸，把房子装饰成金钱屋。现在呢，我把赚来的每一分钱都存放在家里；每回债券累积到一个小数目，我就换成美元。把美元收在家里，高枕无忧啊！如果储存在银行，可能会面临被冻结的厄运。老实告诉你，我已经好几年不曾上银行了！"

有趣的是，在手工艺品中心，有个摊贩居然将作废的旧钞票卖给游客当手信。他将这些钞票依面额的大小不同，分门别类地排列得整整齐齐，一张要价一美金。我觉得十分有趣，驻足而看，摊贩不啻拱璧地从盒子里将他珍藏的一张钞票取出，递给我。我一看，不由得惊呼一声，这张纸币，面额赫然高达10万亿元（ten trillion dollars）！他索价35美元，声明绝不二价。我忍不住说道："这只不过是一张废纸而已

"要买钞票当手信吗"

嘛，你怎能如此漫天开价！"摊贩一丝不苟地应道："嘿嘿，你可知道这张钞票曾经带给我多大的痛苦吗？我收到它时，原本可以用来购买一辆崭新的轿车，可是，到了同一天下午，我却只能用它买一包糖果。到了第二天，价值等同于零，一无是处。那种痛彻心扉的感觉，就像肉被刀子一寸一寸地剐着一样。"

这样的故事，听在耳里，真像天方夜谭啊！我掏出35美元，买了这张已经走进历史的钞票。

摊贩敝帚自珍地说：

"这是津巴布韦的纸质古董啊，你好好收藏，以后可能会大大地增值呢！"

哎哟，前程似锦啊！我眉开眼笑地把这张日后可能"价值连城"的"古董"小心翼翼地放入皮包内。

在津巴布韦，有个有趣的现象：百姓收入低微，却全民拥有手机。后来才发现，他们其实是利用手机里的电子系统来付账和转账。一台手机，最便宜的，折合新币才售2元（折合人民币约9.8元），最贵者6元（折合人民币约29.4元）。这类手机，只能拨打及接听电话，不具备任何其他功能。对于津巴布韦人来说，手机就是他们的"电子钱包"。他们戏谑地把这类手机称为"羊"，因为铃声犹如羊的叫声："咩咩、咩咩"。有了

货币居然成了旅客的手信

这个电子钱包，他们便可以避免买点东西就得携带厚厚一大沓纸钞出门的麻烦了。

我到哈拉雷（Harare）的瞭望点 Kope 去俯瞰城市全景，当地人告诉我，瞭望点的地标上面，原本镶嵌着 20 来个精致的铜雕，铜雕上刻着有关哈拉雷的景点介绍。2008 年，当津巴布韦的经济陷入一蹶不振的困境时，民不聊生，有人偷偷把铜雕撬走了。后来，落网的犯案者招供，他们将铜雕熔化，做成棺材的把手，出售给殡葬业者。他们说："这是一个让人活不下去的时代，棺材特别抢手。"罪案的后面，有着催人泪下的真相。这则传闻的真实性固然有待考证，但它的确真实地反映了当时生活的苦况。

在津巴布韦旅行期间，我在当地的报章读及一则令人哭笑不得的新闻：2019 年 6 月 18 日，有歹徒持械抢劫面包车，车内载有 500 个香喷喷的面包。

瞧，歹徒宁可抢面包也不去抢银行，因为面包可以扎扎实实地让他饱腹，然而，钞票抢到手后，可能不旋踵就变成了一无是处的废纸哪！

钱币无价、贫富悬殊、失业率高，津巴布韦就好像是云南的过桥米线，表面看起来无波无浪，一派平静；内里呢，却处于沸腾的状态……

最近，根据报载，津巴布韦政府或将推出新津巴布韦货币，结束多年来没有自家货币的尴尬局面。对于该国草木皆兵的百姓来说，这算不算是个喜讯呢？

约翰的家

　　40 来岁的约翰，是我们在津巴布韦雇用的司机。

　　那天，在首都哈拉雷参观了好几个景点之后，我们请他在一家中餐馆共进晚餐。身子魁梧的约翰吃得不多，盘子里还剩下许多牛肉和炸鸡，他问我："我可以打包给孩子吃吗？他们一直没有机会品尝中餐。"我立马给他加点了一盘炒饭，让他一起带走。欢天喜地的他，拎着香气氤氲的食物，问我们可愿到他家坐坐，我高兴地颔首。

　　他住在 Kuwadzana 村，人口只有寥寥数百人。抵达时，整个村庄黑漆漆的，圆圆的车头灯像是怪兽的两颗诡异的大眼珠。木屋里，鞠躬尽瘁的蜡烛，把颤动着的影子剪贴在简陋的墙壁上，闪闪烁烁的，气氛诡谲。我们一迈入屋子，他 4 个稚龄的孩子便迫不及待地围了上来，饥饿都明明白白地写在眸子里了。约翰的妻子安吉丽娜是流动摊贩，现在将近 8 点了，尚未回家。尽管饥肠辘辘，可是，懂事的孩子们并没有立马打开食物狼吞虎咽，而是把食物拎去厨房，端端整整地放着，说等妈妈回来才一起享用。我看着那有气没力的蜡烛，忍不住问约翰："干吗不点煤油灯呢？比较亮呀！"他苦笑着说："能省则省啊！"

在津巴布韦，大部分地区的水电供应依然成问题。

就以 Kuwadzana 村来说吧，政府每天只供电 7 个小时，村民得苦苦地等到晚上 11 点，才盼来电流，但那已经是大家上床就寝的时间了。约翰家里有个小小的冰箱，是他妻子安吉丽娜赖以谋生的工具。夏天里，她

约翰和他的部分家人

利用冰箱自制冰棒；现在，是冬天，她卖的是碎肉玉米饼。为了配合政府供电的时间，她必须以特殊的方法处理食材——在菜市买了肉之后，立马用盐腌了，等夜里来电之后，便把腌肉放进冰格，使之变成僵硬如石的冻肉。次日早上6点，停电之后，把一部分冻肉剁碎，用以烙饼，剩下来的，等晚上通电时再放回冰格。同一块肉，冻僵了又再解冻，周而复始。虽然不符合卫生标准，但也不见他们闹肚子，可见他们在这种特殊的生活环境里，早已养成百毒不侵的钢肚铁肠了。

有限制的电流供应也影响到安吉丽娜的其他生计。在夏天里，她买雏鸡来养，养大了便送去市场出售，贴补家用；可是，一到冬天，这条生计便断了，因为天气酷寒，雏鸡怕冷，必须以灯照暖，电流一停，雏鸡恐怕都会冻死了。这时，她便得想出其他生计来渡过难关了。乐观的津巴布韦人相信天无绝人之路，穷则变，变则通。

水的供应也受限制，政府每周只供水4天——星期五到星期天无水。村民除了去井边挑水外，也把每一滴雨水一丝不苟地储存下来。

当晚，到了八点半，安吉丽娜才健步如飞地踏进家门。她身子瘦削，可是，脸上却浮着一个肥肥的笑。她手脚利落地把头顶上的箱子卸下，里面搁着没卖完的肉碎烙饼，她对孩子们热切地喊道："你们都来吃吧！"然而，孩子们却一反常态，没有一拥而上，反而一左一右地牵着她的手，走进厨房；炒饭、牛肉和炸鸡的香气争先恐后地飞窜出来……啊，那是一种非常幸福的气味。

居民在屋外栽种的菜蔬

动物的安乐窝

一迈入这个充满了爱的空间，我的心情便立刻像向日葵一样灿烂。

150余种动物，包括狮子、豹、狐狼、鬣狗、斑马、疣猪、黑斑羚、变色龙、猴子、狒狒、蟒蛇、鳄鱼、山猫、珍珠鸡、蜥蜴、鹧鸪、鹭、刺猬、老鹰、猫头鹰、猎鹰、火烈鸟、孔雀、苍鹰等，都在广袤舒适的"居所"里，过着被人无微不至地照顾着的生活。围栏内，设置着各种各样为它们特别设计的活动设施，例如高高低低的木架，便是让它们活动

野生动物
孤儿院

筋骨的。每天的食物，都按照它们的饮食习性和特殊习惯源源不断地供应。没有人对它们吆吆喝喝、颐指气使，更没有人拿着带侮辱性的鞭子试图奴化它们，强迫它们做出各种献媚的小丑动作。在这个动物的天堂里，狮子活出了狮子的威严，豹子活出了豹子的凶悍，孔雀活出了孔雀的妩媚，猎鹰活出了猎鹰的霸气……

没有杀戮的威胁，没有饥馑的恐惧，兽与鸟，在这个备受尊重的环境里，活得如鱼得水。

这个占地辽阔而构思独特的野生动物孤儿院（Chipangali），坐落于津巴布韦第二大城布拉瓦约（Bulawayo），是个非营利性的机构。

正当我兴味盎然、兜来转去地观赏鸟兽的时候，有个年轻的女子 Mickayla Wilson，忙忙碌碌地到处逡巡，看到了我们，脸上的酒窝甜甜地荡呀荡的，非常友善。攀谈起来，才知道这所别开生面的野生动物孤儿院

孔雀睥睨众生

是由她已故的祖父 Viv Wilson 创办的。她自豪地表示：自1973 年创办伊始，这儿就是野生动物的避风港和避难所。

Mickayla Wilson
（左）和尤今

　　举凡受伤和生病的野生动物、被遗弃或虐待的宠物，或者在危机四伏的丛林无法生存的兽类孤儿和老者，都会被送到这个"安乐窝"。她再三强调着说，这儿不是典当鸟兽尊严的动物园，而是它们温暖的家园。她的祖父 Viv Wilson 刻意为所有的鸟兽创造一个开放式的友善环境，让它们身心都得到照顾与抚慰；而终极目标则是让形体与精神受到创伤的鸟兽在全面恢复健康后，回归自然。万一鸟兽们因为特定的原因而丧失了觅食的能力，便会让它们永久地留在孤儿院，给予终身周全的照顾，并以此实现教育与动物学研究的用途。至于濒危物种，则进入圈养繁殖计划。目前，这所野生动物孤儿院已成为非洲最大、最成功的野生动物康复中心了。

　　在这个充满了关怀的地方，鸟兽都有自己的名字，不计其数的温馨小故事，也发生于每个犄角旮旯里。饲养员讲述这些故事时，都眉飞色舞，如数家珍。

有一头名字唤作 Roxy 的雌豹，在四个月大时闯入一家养鸭场，扑食鸭子以果腹充饥，但却不幸跌落陷阱，受了重伤。很显然它的母亲并没有好好地照顾它，它才被迫走出森林来觅食。当它被送来孤儿院时，负伤的身子异常羸弱，精神高度紧张，侵袭性极强。后来，

豹子的家　　　　　　休憩的豹子

工作人员悉心的照料终于感化了它，让它收敛起剑拔弩张的敌对态度。一段时间过后，它适应了孤儿院的生活，也重新觅得了生活的乐趣，健壮地成长，后来还与一头雄豹交配，诞下了两只活泼的豹娃娃，过着童话般的完美生活。

孤儿院里，总共收容了 17 头狮子，有些还是在孤儿院里出世的。狮子在丛林里生活，必须自力更生，一

备受照顾的狮子　　　　　　金发的雄狮

般只能活上 15 年左右；可是，在这儿，吃好住好，无忧无虑，活上 25 年是等闲之事。

"它们胃口好大啊，每头狮子，每隔一天，便得喂饲 5 公斤的肉。"Mickayla 满脸溺爱地说道，"有一回，有头狮子的围栏破损了，我们在修补之前，必须将狮子暂时移走。我们给它注射了麻醉药，你猜猜，它有多重？嘿，300 多公斤哪，足足动用了四个彪形大汉，才挪得动它呢！"

一只猎鹰的主人因遭逢意外而丧生，它被送到这儿时，罹患了抑郁症，不吃不喝，奄奄一息，充分地展现了与主人之间那份深厚的感情。后来，经过了很长时间的调理，才逐渐恢复常态。

最有趣的是那只名字唤作"艾米"的羚羊，它自丛林走到城市，迷路了，在汽车川流不息的大街上莽莽撞撞地冲来冲去，险象环生。被人送来这儿后，适应力极

人见人爱的羚羊艾米

强的它，立马爱上了这儿的生活，也爱上了它的新名字，谁一大声喊"艾米"，它就毫不犹豫地飞奔过来。为了证明给我看，饲养员亲昵地喊道："艾米！过来！"说来难以置信，它果真屁颠屁颠地跑过来了。

性子温驯而样子标致的它，是"万人迷"，大家有事没事都爱跑来看看它，它也不负众望，老是把大家逗得乐呵呵的。然而，正因为这儿生活太快乐了，艾米根本不想重返森林。饲养员告诉我，羚羊能够跳得极高极高，围栏根本就圈不住它，它倘若要"回家"去，早就跑得无影无踪了，可它就是乐而忘返，赶也赶不走。

将鸟兽放归自然是最终的目标，在让鸟兽回归林野时，工作人员也碰上了许多障碍。就以狮子来说吧，它们老早就习惯了和人类和谐相处，一心认定人类对于它们的生存不会造成任何威胁，在它们的内心深处，可能已经把人类当成"朋友"了。把这样的狮子放归山林，它全然没有危机感和防范意识，一旦遇到丧心病狂的猎人，很容易就成为枪口下的牺牲品。

无法放归山林，当然也不能让它们无节制地繁殖，所以，现在有关方面已经为留在孤儿院的狮子进行绝育手术了。

有一只老鹰，翅膀因故折断，工作人员细心地为它疗伤，它心存感激。伤愈后，将它放飞，它在高空上盘旋再三，不肯远去，良久良久，才在工作人员依依不舍的泪眼中，化成天空里的一个小黑点。

类似故事，不胜枚举。

为了唤起年轻人关心与保护野生动物的意识，野生动物孤儿院多年来努力地呼吁世界各地的年轻人前来这儿，身体力行地照顾野生动物。当我在那儿参观时，就看到许多年轻的义工，兴致勃勃地拿着笔记本，记录动物的生长情况。

野生动物孤儿院同时也是一处教育中心，工作人员透过影片和幻灯片，为幼童提供有关野生动物的资讯。儿童就是未来世界的主人翁，因此，及早让他们拥有一颗温柔的爱心，向他们灌输尊重生物的意识，是很重要的。孩子们必须明确地知道，缺乏人文的关怀和应有的保护，野生动物的生存将会面临巨大的威胁；而一切生物，都应该有平等的生存权利。

维多利亚瀑布

其一：津巴布韦（Zimbabwe）

观赏维多利亚瀑布，是许多游客到津巴布韦来的主要原因。

维多利亚瀑布是世界三大瀑布之一，已被列为世界文化遗产。在 1855 年，苏格兰探险家大卫·李文斯顿（David Livingstone）是第一个看到维多利亚瀑布的欧洲人。心潮澎湃的他，动情地写道："从来没有任何欧洲人看

瀑布的千姿百态

到过它，没有人能够想象出它超世绝俗的美丽，只有天使飞过这里时，才能看到这么漂亮的景象。"他以维多利亚女王的名字为之命名，而这名字也沿用至今。

与津巴布韦毗邻的赞比亚，则以汤加语把它称为"Mosi-oa-Tunya"，意为"像雷霆般轰轰作响的烟雾"。这名字，既传神又形象，生动地刻画了维多利亚瀑布的特点。

来到津巴布韦的维多利亚瀑布城，远远地，我便听到雷鸣般的声响；远远地，我便看到了迷蒙的水雾。

维多利亚瀑布的景致，并不是"一气呵成"的，准确地说，它是一个缤纷的"瀑布群"，由多道形态不一的瀑布组成，划分为 16 个景点。

我慢慢地走，细细地看。

16 个景致，各具特色。有者似万马奔腾，迫不及待地倾泻而下，有着"黄河之水天上来"那种直击人心的磅礴大气，看得人目瞪口呆；有者似仙女下凡，从容不迫地冉冉而下，婀娜多姿，让人心醉神迷。最为奇特的是，透过氤氲的水雾，一道道璀璨的彩虹，怡然自得地横在瀑布上方，像一个个立体的梦，斑斓地浮着。

在这样的景致前，文字、画笔和摄影，都呈现出无力感。

其二：赞比亚（Zambia）

位于赞比西河中游的维多利亚瀑布，介于津巴布韦和赞比亚之间。然而，一般人提起维多利亚瀑布，总认为后者远逊于前者。对此，赞比亚人是很不服气的，他们指出，长久以来，赞比亚一直致力于矿产的开采，因而赢得了"铜矿之国"的美誉，然而，津巴布韦则长期集中火力于旅游景点的宣传上，因此，占尽先机，人们总先入为主地认为维多利亚瀑布的大好景致全都集中在津巴布韦，而这，是与事实不符的。记得当我表示要去赞比亚观赏瀑布时，津巴布韦人便诧异地问我："你已经看过了最好的，干吗还要去看次好的？"我说："看戏看全套，看景也得看全貌呀！"

宽达 1700 多米的维多利亚瀑布，有三分之二的流域是落在赞比亚国境内的，但名气却远远不若津巴布韦，我希望能自行做个比较。

在津巴布韦，人与瀑布中间隔了一大段距离；然而，来到了赞比亚，我却惊喜地发现，飞泻万里的瀑布就近在咫尺，宛如冲锋陷阵的千军万马，咆哮般的雷鸣声响震耳欲聋，瀑布浪花卷起千堆雪，浩浩瀚瀚的磅礴气势十分骇人。每一个景致都是生机勃勃的，充满了让

瀑布前的彩虹

层层叠叠的瀑布

人惊叹的旺盛活力。在瀑布上面浮现的彩虹，不是单一的，而是重叠的，像扑朔迷离的梦境。这热力四射的瀑布啊，像着了魔一样，走马灯似的变幻着千姿百态。我目不暇接，整个人都痴了，啊啊啊，除了顶礼膜拜，我已无法找出形容词来描述我的感受了……

尤今与壮美的瀑布合影

蝴蝶幼虫，你敢吃吗？

每年到了雨季，津巴布韦那名字唤作"Mopane"的树木（俗称"蝴蝶树"），便展现出一种令人咋舌的热闹。

这种仅仅生长于非洲东南部海拔介于200米至1000米温暖低地的树木，是蝴蝶繁殖的温床。蝴蝶产下肥胖可爱的卵子，卵子又衍化为五彩缤纷的毛虫，而毛虫最爱吃的，便是这种树木的叶子了；然而，在津巴布韦，这些铺天盖地的毛虫还没有机会饱享美食，便落入了当地人的胃囊里了。

津巴布韦人认为毛虫具有丰富的蛋白质、钙质和多种维生素，因此，每年当黄色、褐色、绿色、黑色的毛虫在汁液饱满的叶子上蠕蠕而动时，他们便迫不及待地爬上树去，将附在叶子上的毛虫一一捋下来，丢进宽口的袋子里。短短的三四个小时，便可以轻而易举地抓到五六十公斤的毛虫。回家后，去除毛虫内脏，清洗干净，在水里加盐，生火煮一个小时，之后，捞起，放在阴凉处几天，让之风干。（如果直接在阳光下曝晒，会破坏它的营养价值）干化后的毛虫，如果妥为收藏，三四年不坏；然而，一旦沾到水，便会发霉腐烂了。

"蝴蝶幼虫，要买吗"

蝴蝶幼虫在菜市里非常抢手

到当地的菜市去逛，一个个鼓鼓囊囊的麻包袋，放满了灰黑色的毛虫，尽管已经干化了，但一只只看起来依然形态狰狞。

100 克售一美元，十分抢手。我看到有个妇人一买便是一公斤，很大的一袋，拎在手里。我问她如何烹煮，她热心指点："先用沸水泡上十来分钟，等它软化之后，再凭各人喜好，加入各类香料去炒。不过呢，我最喜欢的，还是清油爆炒，吃其原味。"吃毛虫的原味？我一听，连眸子都生出了鸡皮疙瘩。

她笑眯眯地说："人间美味啊，它质地爽脆，保证你一吃便上瘾！我们全家老小都爱吃，一公斤，不到一周便吃光了。"我看着她手中那一大包蝴蝶的"死胎"，忍不住说道："蝴蝶在津巴布韦要被灭族了呀！"她哈哈大笑，幽默回应："毛虫数目惊人，倘若我们不吃掉一些，恐怕整个津巴布韦都会被蝴蝶占据了。"

这毛虫，莫说去尝，光看着就牙碜。

当晚，到一家名字唤作"BOMA"的餐馆去。一入门，便看到一个陶钵，里面满满地盛着不计其数的毛虫，每一只寸许来长，肥肥圆圆，灰灰黑黑，浸在橘红的酱液里。旁边竖着一个牌子："敢于食用毛虫者，本餐馆将发证书。"我嗤笑："发证书？真是小题大做啊！"侍应生应道："嘿嘿，就是因为太少游客敢于尝试，我们才印发证书啊！"我冲口而出："让我试试吧！"

哎哟，那真是不忍回顾的经历啊！

蝴蝶幼虫变成美味佳肴

我吃了蝴蝶幼虫的"明证"

毛虫粗糙如牛皮，硬生生地咬下去，那股如喷泉般激射而出的腥味，顿时让我觉得天地变色，日月无光，妈呀，我简直要喊救命了！

事后，把那张精美的证书捧在手里，我禁不住想道：

"不经一番寒彻骨，怎得梅花扑鼻香！"

第二天，在野外看到了蓬蓬勃勃地疯长的蝴蝶树。它木质极端坚硬，可用以建造屋子或打造棺材。津巴布韦人生也住它、死也住它，它鞠躬尽瘁，死而后已。

有趣的是，野象也爱吃这树的叶子，在蝴蝶繁殖的雨季里，当野象用鼻子把叶子卷进口里时，连毛虫也一块儿吃进肚子了。嘿嘿，原本食素的大象，在囫囵吞枣之际，竟然无端端成了食荤者。以后，千万不要出现"疯象症"啊！

叁

Part 3

赞比亚

赞比亚篝火里的世界

雕、雕、雕。

雕、雕、雕。

来到了拥有 600 余年历史的慕坤尼村庄
（Mukuni Village），发现了一个有趣的现象：
村民们多爱待在户外，或单独一人，或三三
两两地聚在一起，埋头专注地雕刻。雕呀雕
的，一只只动物慢慢地现形了：狮子、大象、
犀牛、豹、鹿、羚羊、野牛、长颈鹿、河马、
牛羚……雕刻匠以巧手慧思把活力注入这些
"动物"内，渐渐地，它们有了生气，有了神
气，有了霸气，也有了奔跑的欲望，有了飞
跃的姿势……

赞比亚总共有 73 个和谐相处的部族，每
个部族都有不同的生活方式和风俗习惯。

住在慕坤尼村庄的 7000 余个居民，是
Tokaleye 部族。

这个村庄土壤贫瘠，不利耕种，所以，

慕坤尼村的房子

慕坤尼村的工艺品店

居民多以柚木雕刻为生。柚木具有"硬度大、不变形、不易腐蚀、不易开裂"等优点，用以雕刻手工艺品最为理想。然而，柚木生长于深山的丛林里，从慕坤尼村步行到那儿，足足需要两天的时间。村人历尽艰辛地把树木砍伐回来，再将"面无表情"的树木雕刻成千姿百态的动物。我在村庄里闲闲地溜达，就在不同的犄角旮旯里，和各式各样栩栩如生的木雕动物撞个满襟满怀，妙趣无穷。

逛着逛着，苍茫的暮色渐渐弥漫，天幕全力以赴地变暗，在无垠的夜色把整个大地吞噬之前，村民七手八脚地把肥肥的木柴和瘦瘦的树枝堆叠起来，点火。火光一点一点地亮起来，有人不断地拨弄着篝火，火越烧越旺，嫣红的火苗婀娜多姿地舞动着，晶亮的火星子化为萤火虫，欢快地飞来飞去。

非洲村庄的黄昏

　　蓬勃兴旺的篝火把原本单调的黑白世界慢慢地转化成瑰丽的天地，我心里的快乐就像是棉花糖，快速地膨胀。

　　在非洲许许多多没有水电供应的村庄里，一到夜晚，篝火不但为村民带来亮光，还丰富甚至主导了他们夜晚的生活内容。

赞比亚人最爱的玉米泥

　　这晚，我在村民埃姆略尔简陋的茅屋里用过晚餐玉米泥和野菜后，便和他的家人一起进入篝火的奇妙世界里了。埃姆略尔的老祖父坐在篝火前的小板凳上，儿孙和曾孙们呢，则团团地围着

他坐。他清了清喉咙，开始以当地的土语绘声绘色地讲述源远流长的故事。

老爷爷苍老沉缓的声音，伴随"噼噼啪啪"的柴火之声，清晰地响在夜空里。通谙英语的埃姆略尔，将他祖父讲的故事内容一字一句地翻译给我听。

"从前，有个老爷爷，住在一所小房子里，房子里面堆满了野生浆果。这些又大又甜的浆果，是他以一种很特别的方式索取而得的。每天凌晨，他都会步行到丛林深处，对着那棵富于灵气的果树大声唱歌。他如此唱道：'浆果树啊浆果树，你是天赐的神树，你甜美的果实，抚育了大地的子民，我爱你，村庄里人人都爱你。'他一唱完，浆果便像天降甘霖般落满一地。他把浆果捡拾起来，装在竹篓里，背回家，慢慢享用。次日，又再以同样的方式取得浆果。住在同一个村庄的许多孩子，垂涎于这些美味的浆果，要求老爷爷与他们分享，但自私的老爷爷却只肯独享，连一枚也不肯分给别人。孩子又问他浆果从何而来，他始终守口如瓶。次日凌晨，躲在屋外的孩子们蹑手蹑脚地跟踪他，终于发现了他的秘密。等他背着那一篓浆果回去后，孩子们便对着那棵浆果树，一遍又一遍地唱着同一首歌，结果呢，浆果好像发疯一样，如骤雨般落下、落下、落下，落个没完没了，直到枯竭为止。次日凌晨，老爷爷一如既往地来到了浆果树旁，唱起那首他曾经唱过无数遍的歌，可是，浆果树木然屹立，连半个浆果也没有落下。很显然，它已经因为过劳而无法再结出任何果实了。老爷爷一遍又一遍地唱，浆果树纹风不动。最后，老爷爷气火攻心，倒毙于地。"

老爷爷对环绕着他的小孩儿高声问道："这个故事，告诉大家什么道理？"

孩子们都争先恐后地回答："人若自私，天诛地灭！"

老爷爷笑呵呵地点头。

老祖父的后代

引颈期盼爷爷讲故事

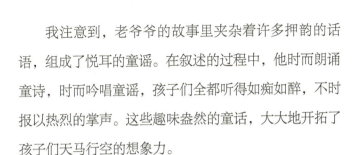

　　我注意到，老爷爷的故事里夹杂着许多押韵的话语，组成了悦耳的童谣。在叙述的过程中，他时而朗诵童诗，时而吟唱童谣，孩子们全都听得如痴如醉，不时报以热烈的掌声。这些趣味盎然的童话，大大地开拓了孩子们天马行空的想象力。

　　老人每天晚上在篝火前给后辈讲述故事，是慕坤尼村数百年来的传统，许多道德观与价值观，就如此不着痕迹地传承下去了。此外，孩子们长期浸淫于优美的童诗与童谣中，对于语言，也心生爱恋，一石二鸟。

　　听完故事后，年幼的孩子们随长辈回家就寝，然而，篝火里的世界，还有滋有味地延续着……

　　青年男女，围拢在篝火旁，谈天说地。没有电视、电脑、手机的干扰，也没有互联网和各种社交媒体的入侵，大家都能也都愿面对面地敞开心扉，畅所欲言，分享与倾诉生活里所有的酸甜苦辣和喜怒哀乐。有些传闻，可能平淡无奇，然而，大家无伤大雅地为它添油加醋，使它变成了在篝火前爆开来的一团团五彩缤纷的烟花，极具娱乐价值，众人也因此笑得前俯后仰，乐不可支。

　　他们用土语交谈，谈话的内容，我听不懂；可是，他们脸上的快乐，我读得懂。

赞比亚

Ａ Ｉ Ｂ Ｍ Ａ Ｚ

当晚尽兴而归时，热诚的埃姆略尔察言观色，知道我喜欢篝火里这个斑斓的世界，刻意邀我：

"明天是周末，你如果再来，可以看到一个截然不同的篝火世界。"

哇，诱惑难挡呀！

第二天晚上再去时，果然发现比前一晚热闹得多。根据慕坤尼村的传统，每个周末，都有人轮流举办"篝火舞会"，同一家族的堂兄弟姐妹、表兄弟姐妹，都会前去狂歌劲舞，释放快乐。

这个周末，正好轮到埃姆略尔这个大家庭举办"篝火舞会"，我抵达慕坤尼村时，篝火已生起了，众人都聚集在篝火旁，埃姆略尔的妻子把玉米泥做成的饮料分给大家，我尝了，但觉口感粗糙如泥沙，不太喜欢，可是，对于慕坤尼的村民来说，这却是给他们补充精力的上佳饮料，因而喝了一杯又一杯。

天，黑得精神抖擞；火，亮得兴致勃勃。

鼓声响起了。

非洲的鼓声，澎湃的节奏近乎疯狂，疯癫的韵律摄魂攫魄；即使跛脚者，听闻鼓声，也能起而扭舞。

此刻，在宛如疾风骤雨的鼓声里，蹒跚学步的娃娃、鸡皮鹤发的老人，连同精力旺盛的青年男女，全

青年男女围坐在篝火旁

给赞比亚人带来无限精力的玉米饮料

都遗物忘形地扭动起来了。男子把强劲的生命活力渗透到发梢、指尖以及身上的每个细胞里，举手，蹬足，撼天动地，沙尘滚滚。女子的腰和臀快如闪电地扭动着，宛若触电的八爪鱼、失常的钟摆、飞旋的陀螺；就算是丰乳肥臀的胖女子，也舞得像风中柳条一样地灵活……

当他们忘我地狂舞时，篝火也甜甜蜜蜜地释放出一朵朵金黄色的火花……

篝火里有个美丽的世界

真 相

在赞比亚旅行时，我雇用了一名司机约
雷纳，由他载着我们在各大城市旅游。

约雷纳家有 4 个稚龄孩子。每回在旅途
中看到小孩，他的眸子总变成叶面上的露珠，
闪闪发亮。

这天中午，我们来到了南部城市锡亚翁
加（Siavonga），凶猛的阳光像一头豹子，几
乎要将人咬到遍体鳞伤了。路边，有个约莫
七八岁的小孩，兜售肩上扛着的两束甘蔗。
约雷纳立马跳下车子，说："给我一束。"男
孩将一束五根捆在一起的甘蔗递给他，要价 5
克瓦查（折合人民币约 2.19 元）。约雷纳接
了过来，掏出皮夹正要付钱时，远处有个中
年人飞快地朝我们走来，男孩一见，脸色大
变，连钱都不要了，以肩膀扛着另一束甘蔗，
拔足飞奔，像一只逃避狮子追捕的兔子，霎
时不见踪影。

中年人气喘吁吁地赶到我们面前时，生气地骂道：

"这些兔崽子！老是到我的田里来偷甘蔗，下回给我逮到，一定抓起来痛打一顿！"

"小孩嘛，不懂事……"约雷纳说。从他的语气里，我听出了他没有说出口的话：几根甘蔗而已，犯得着打人吗？

"不懂事？"中年人越说越气，"我已经警告过他好几次了，还是屡犯不改！要是他肚子饿，偷来吃，我会任由他去；可他偷来卖，就不行！那是我的劳动成果啊，怎么可以随意窃取！"

约雷纳看了看手中的甘蔗，把钱递给中年人，中年人爽快地说道："请你吃吧！"

叠出造型等待
出售的甘蔗

事后，约雷纳告诉我，在赞比亚，有许多孩子需要留在家里帮忙务农，失去了上学的机会。他感叹着说："教育，是希望的曙光啊！"

　　我们接着花了一个小时去看那些经过一亿五千万年形成的树化石，看完后，饥肠辘辘。约雷纳建议到一公里外的一家小店去吃烤鸡，我欣然同意。

　　小店坐落于一条陋巷里。狭窄的店面，坐满了人，香气肆无忌惮地在小小的空间里游走。小食店由夫妻俩经营，男的负责烤鸡，女的招呼客人，忙得团团转。

　　万万想不到，我们竟在小店外面看到刚才那个卖甘蔗的小男孩，他靠墙而坐，脸色黯淡地在啃食甘蔗，甘蔗渣吐满一地。约雷纳蹲了下来，用当地土语和他交谈，我猜想他大约是劝男孩不要再去偷甘蔗了。男孩露出委屈的样子，蹙着眉头说了一番话，他愈说，约雷纳的脸色便愈凝重。后来，约雷纳掏了 20 克瓦查（折合人民币约 8.74 元）给他，又拍了拍他的肩膀。小男孩千恩万谢，脚步轻快地走了。

向游客兜售甘蔗的赞比亚男孩

我们在靠近门口的桌边坐了下来。谈到那个小男孩，约雷纳满脸都是恻隐之色：

"可怜啊，他说是他父亲逼他到别人的农田里偷甘蔗的，如果偷来的甘蔗卖不掉，他父亲便用甘蔗来打他，常常把他打得青一块紫一块的。今天，他父亲限他下午 3 点一定要到家，他怕他父亲又用卖不掉的甘蔗来打他，所以，躲在这儿，拼命把甘蔗啃掉。我给了他 20 克瓦查，至少可以帮他挡一挡被打的厄运！"

我听了非常难过，家家都有本难念的经，但是，小男孩家里却有个"藏经阁"。

这时，女店东前来问我们要点食什么，听到我们的对话，又看到门口吐满一地的甘蔗渣，忍不住厌恶地骂出声来：

"这个狡猾的小鬼头，不肯去上学，在外浪荡，整天偷人家田里的甘蔗去卖；还不时到我这里，编些不三不四的故事来博取同情心，专门骗你们这些不明就里的外地人！他爸妈都拿他没辙！"

我和约雷纳，面面相觑。

采石村庄

中午的太阳是一头发疯的兽，拼命往大地喷火，我被灼得浑身生疼；然而，对于赞比亚这个采石村庄的村民来说，一家大小天天坐在狠毒的阳光底下从事艰苦至极的劳力活，却是家常便饭。

Ngwtnya 是个有着 2000 余人的小村庄，家家户户都以采石和敲石为生。

此刻，站在石矿前，我看到的是令人心酸的工作实况。

没有任何机械的辅助，一家之主站在石坑里，出尽九牛二虎之力，用锥子和锤子把坚硬的石头一块一块地凿出来；妻子和稚龄的儿女呢，就坐在石坑旁边，用铁棒把大石块敲成细细的碎石。他们使用的都是真力气，一下一下地凿，一下一下地敲，长期如此，虎口都裂开了，然而，他们还得蹙着双眉，忍着一波一波尖锐的痛楚，继续地凿、持续

辛苦不堪的采石人家

不断地敲。每时每刻响在周遭的，就只有敲击石块所发出的单调声响："咚咚咚、咚咚咚。"

敲成细细碎碎的石块，堆成一个个小丘，等待买主。

这些碎石块是制作"三合土"，用于建筑施工的原材料。

由于村民缺乏开拓市场的经验而又得不到有关方面的协助，对于自己胼手胝足、竟日劳作不休而得来的成果，就只能以最原始的方式加以销售——他们坐在一堆一堆碎石前，守株待兔。一小堆碎石，才售 10 克瓦查（折合人民币约 4.37 元），碰上生意淡季，还得削价求售。有时，把碎石卖掉比上蜀道还难，当一连多天都无人问津时，他们便得勒紧肚皮过日子了。倘若运气好，敲碎的石块都能顺利卖出去，一个月也只能赚取区区 500 克查瓦（折合人民币约 218.58 元）。

他们对于生活的全部追求，就仅仅是果腹而已。

据我观察，Ngwtnya 村的"采石族"，其实面临着许多足堪忧虑而又亟待解决的问题。

开采石矿，异常艰苦，如果有现代化的机械辅助，事半功倍；然而，在这儿，采石人家凭借的纯粹是人力，这不但能将人累坏累垮，而且，效率极低。为了增加劳动力，原本适龄入学的孩子，也被迫加入劳动的行列。我在石矿现场，就看到许多采石者举家出动一起劳作；更糟的是，由于爷爷奶奶也来采石，两三岁的孩子无人看管，便被带来石矿场。他们百无聊赖地走来走去，东看看，西瞅瞅，凿石和敲石就是父母给予他们的"启蒙教育"。可以预见的是，这些成长于石堆的孩子，一旦到了能使力气的年龄，便会成为采石家族的一分子了。上学读书对于他们来说，永永远远是一个陌生的名词。

采石行业代代相传，目不识丁的下一代永无翻身之日。

最具讽刺意味的是，碎石是用以制造三合土的，但他们却永远也无法住进以三合土建造的房子里。采石人家住的都是因陋就简的泥屋，夏天暴热，冬天酷寒。村庄傍着的那一条河流，Maramba River，里面浮浮沉沉的都是鳄鱼，每逢雨季涨水时，鳄鱼便会爬上岸来，村民被吞噬的事件迄今仍在发生。（"Maramba"在当地土语的意思便是"鳄鱼"）

赞比亚的这个村庄，就连空气里，也飘荡着苦涩的气味。

丛林里的画家

这天早上，愉悦的阳光把丛林照得透亮。猫和狗，懒洋洋地趴在地上享受日光浴；蚂蚁孜孜矻矻地把粮食运入大本营；放养的牛和羊随意走动，"哞哞"和"咩咩"之声不绝于耳，处处充满了野趣。

心无旁骛的班尼（Benny）呢，就坐在树下的画布前，快乐地构图上色。其他已经完成了的画作，就一幅一幅怡然自得地被挂在树梢上。

班尼的"露天画室"

班尼的原名是 Benard Kopeka，住在赞比亚东南部城市利文斯顿（Livingstone），是当地家喻户晓的"奇人"。现年 57 岁的他，最感自豪的是，他没有受过任何专业的美术训练，但从 11 岁绘第一张画开始，40 多年以来，就只专注地做一件事，那就是绘画、绘画、绘画。他说："我是为绘画而活的。"

　　他住在坐落于丛林的一所房子里，偌大的丛林，便是他的露天画室。他认为阳光是天底下最美的光线，吸收了阳光精华的画作，会被一层透明的色光所渗透，从而展现出一种绚烂的风采。鉴于此，他从来不在室内作画，也绝对不在晚上绘画。

班尼位于丛林的居所

脸庞清癯的班尼，蓄着茂密的胡子；黑白分明的眼睛，炯炯地亮着，锋利的眼神里，蕴藏着深沉的智慧。他说，11岁那年，他在河边看到一名妇女把盛满水的瓦钵顶在头上，以稳健而婀娜的脚步

画家班尼也精于弹奏乐器

走在归家的小径上，他强烈地感受到一种劳动的美，而一股创作的欲望就汩汩地流了出来，那是一种前所未有而又全然压抑不了的欲望。他透过纸和笔，借着绘画表达了心里的感动。他的这一帧"处女作"，线条有力，笔触活泼，大家从中强烈地感受到活泼的生活气息，班尼的创作天分也因此被发掘和肯定了。

年方二十，班尼就成了职业画家。他喜欢透过绘画来表达对时事的关注，以画笔来宣泄悲天悯人的情怀。比方说，有一幅画，画了一个蓬头垢面而瘦骨嶙峋的女孩，乍看以为是生活在贫民窟里的人，仔细

刚果难民

再看她的眼神，才知道不是。那是一种盛满了惶恐、不安、畏惧、愤怒、不甘而又抽搐着疼痛的眼神，里面藏了许多曲折的故事。

"她是一个从战火里逃出来的刚果难民，"班尼解释道，"我一看到她的眼神，便被深深地震撼了，这样的眼神，是能够把旁人的心戳出许多个窟窿的。"

班尼借着这个女孩，以画笔无声而又沉重地唱出了时代的悲歌。

另一幅画，班尼花了长达4个月的时间才完成。画里的人，载歌载舞，狂吃狂喝，整幅画，沉浸在一种喜庆的气氛中。

"这是为庆祝赞比亚独立50周年而画的，我真正要表达的，不是全民的欢乐，而是百姓摆脱殖民统治的

班尼为庆祝赞比亚独立50周年而创作的画作

班尼（左）和尤今

自豪感。换言之，我尝试灌注在画里的，是浓厚的爱国
情怀。"

　　在生活水平普遍低下的赞比亚，艺术家的生活，并
不是一床缤纷的玫瑰花。班尼在画作卖不出去而生活
陷入窘境时，为了稻粱谋，他就必须暂时放下艺术的创
作，改画一些商业性的广告。

　　他说：

　　"我的物质生活很贫瘠；可是，在精神上，我富可
敌国。绘画，是我托付一生的事业。"

　　那语气，自豪而又满足。

贫民窟集市

在赞比亚，有个令人闻风丧胆的地区 Chibolye，毒品和枪械泛滥，扒手多如牛毛，它更是黑手党火拼的黑区。毗邻此处有个贫民窟集市苏维多集市（Soweto Market），每天由清晨五点开放至晚上八点，小摊子鳞次栉比，一应俱全，热闹非凡，可以很好地领略当地风情。

旅馆外面，停了几辆计程车，静待生意。

告诉甲司机，我们要到苏维多集市去，他一听便犹有余悸地摇首说道：

"我不去！那是个犯罪渊薮啊！有一回，我把车子停在巷子里，居然有人用凿子戳爆我的车轮。等我回去取车时，他们便将我洗劫一空，真是无法无天啊！"

乙司机说：

"有一回，我载了一名游客，车子在交通灯前停下，她拿着手机在查资料，冷不防有人打开车门，把她的手机抢走了。后来报警，闹腾老半天，麻烦透顶！"

丙司机说：

"我陪一个游客去那儿逛，有个残疾人跌倒了，游客伸手把她扶起来，他的皮夹就此被扒走了，信用卡和现金全都没了，惹得蚂蚁满身爬。"

既然他们都不愿去，我们只好走到大街上，另召计程车。其他司机一听到我们要去苏维多集市，便面露难色，终于有一个司机迟疑半晌，勉强点头，不过，再三提醒我们，不要随意和他人攀谈，更不要随便拍照，他强调着说："那地方，很危险啊！"我心想，光天化日

苏维多集市

之下，又是人来人往的大集市，能出什么事呢？再说，为了安全起见，我老早已把护照和信用卡都锁在旅馆的保险箱里了。手里紧紧攥着的，只是一台手机而已。

尽管在心理和行动上都做足了准备，然而，我们还是差一点惹上了麻烦。

在苏维多集市里，小巷子纵横交错如蜘蛛网，售卖各种日常用品和二手货（衣服与鞋子）的摊子铺天盖地。声音与气味宛如失控的河流泛滥一地，色彩与光泽填满了每一寸空间，处处都勃发着生气与活力。

让人不安的，是摊贩脸上的表情。赞比亚人待人热诚，然而在这里，我却看不到惯见的笑脸。凶恶与敌对，是他们脸上全部的表情。

我举起了手机，把这个五光十色的世界摄入镜头，然而，才拍了几张，便有个年轻人冲到我面前来，气势

苏维多集市的摆摊人

汹汹地用英语喊道：

"你不买东西却拼命拍照，你当我们是动物吗？"

可怕的是，紧接着，四五个人快速围拢过来，全都眼露凶光，他们用夹杂着粗话的英语你一句我一句地骂我们，眼前情势，有一触即发的危险。我这时突然灵光一闪，想起了我初来赞比亚学会的几句通加语（Tonga），立马对着他们，以雷般的声音连珠炮似的说道：

"嗳嗳嗳，请听我说！赞比亚真是一个美丽的国家啊，风景绮丽，男子俊朗，女子漂亮！"

他们完完全全意料不到，我竟能行云流水般地说出一串当地通行的通加语。他们先是错愕，继而大笑，日胜也趁此机会把英国制造的酸奶杏仁糖一把一把地分送给他们，气氛立即缓和了，我们也快速离开了现场。

事后，有人告诉我们，曾有游客因为拍照而被心怀叵测的当地人围殴，手机和钱包都被抢走了，我们总算是逃过了一劫。

没想到帮助我们化险为夷的，是威力无穷而又美丽无比的语言。

爱情的蜜汁

来到了赞比亚南部城镇锡亚翁加（Siavonga），我发现了一个有趣的现象。

路边，许多人把一种罕见的果子用绳子系在竹竿上叫卖。这些果子，椭圆形，大小如巴掌。据说有些巨型的果子，足足长达一尺呢！外壳呈暗沉的灰褐色，看起来邋里邋遢的，好像蒙着一层灰尘。

司机约雷纳说：

"瞧，那些就是猴面包树（Baobab）的果实了，大象和猴子最喜欢吃，我们人类还必须时时与它们争食哪！"

我曾多次为那些形状奇特的猴面包树击节叹赏，可面包树的果实却还是第一回见到呢！

我要求约雷纳停下车子，付了 10 克瓦查（折合人民币约 4.37 元），买了 10 个。

把果子用力掰开来，露出了里面颗粒状的果肉，耀眼的雪白色。我迫不及待地放入嘴里，核很大，薄薄的果肉味道酸涩，只吃一口，便弃如敝屣。反观约雷纳，吃得津津有味，一面吃，一面敏捷地把核吐在掌心里。不旋踵，便吃了三个。吃完后，一脸满足地说道：

"这果子，可真是好东西啊，它的钙质和维生素 C 的含量都极高，营养异常丰富。不瞒你说，非洲过去曾发生过好几次大饥荒，这种果子当时就成了许多饥民的救星！"

我不爱吃猴面包树的果子，但稍后在一家小食店尝到的果汁，却让我味蕾惊艳。果汁呈娇丽的枣红色，在恰到好处的甘甜里，隐隐地透出清澈澄净的酸味；而在温润柔软的口感里，却又藏着一缕缕含蓄的香气。果汁一入口，整个人都变得清凉了。

当地人告诉我，只要将猴面包树的果肉浸在水里，果肉便会渐渐地溶化。我诧异地问道："雪白的果肉怎么会变成枣红色的液体呢？"约雷纳解释道："店东在乳白色的果汁里掺杂了罗望子（Tamarind）的汁液，才会展现出这种诱人的色泽。"他幽默地表示，猴面包树和罗望子有一段缠绵悱恻的爱情故事，两者结合，才会形成这独树一帜的风味。我请他详述，他卖了个关子，说："待会儿你去看古遗址 Ingombe Ilede，便知道了。"

遐迩闻名的 Ingombe Ilede 古遗址，坐落于赞比西河和卢西图河交汇的一座小山上，这儿曾经是一个热闹的商业区，主要的贸易商品是盐，考古学家还在这儿发现了包括 7 世纪至 16 世纪的纺织品、铜矿石、陶瓷、黄金和其他商品。Ingombe Ilede 古遗址是该区最重要的考古遗址之一。

在当地语言里，"Ingombe Ilede"是"睡牛"的意思，而"睡牛"指的就是生长于古遗址上那株奇特的猴面包树。奇怪，明明是树，怎么竟会与"牛"扯上关系呢？

睡牛

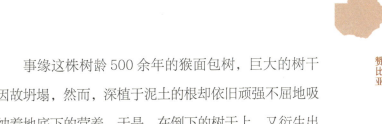

事缘这株树龄 500 余年的猴面包树，巨大的树干因故坍塌，然而，深植于泥土的根却依旧顽强不屈地吸纳着地底下的营养，于是，在倒下的树干上，又衍生出新的枝丫，这些伸展开来的枝叶，与相邻的罗望子树"你侬我侬"地交缠在一起，许下了"生死与共"的誓言，生生世世永不分离。

远远望过去，这株倒卧于地的猴面包树，就好像是一头慵懒地趴在地上的牛，有人灵机一动，就为它取名"睡牛"。

啊，原来我刚才喝的是缠绵半世纪的"爱情蜜汁"，难怪味道是那么浓郁、那么销魂！

中餐飘香于赞比亚

　　站在华人麇集的"卢城华埠"，实在难以相信，我此刻正置身于赞比亚的首都卢萨卡（Lusaka）。这个美食城，汇集了 20 余个来自江西、河南、山东、四川、北京、广州、潮州、兰州等地区的美食摊子。各种熟悉的香气在此相互碰撞，而中国东南西北的方言，也在此欢喜地交汇。

　　过去，卢萨卡的华人寥若晨星；然而，最近这几年，随着中国和赞比亚贸易关系的

尤今在卢城
华埠美食城

卢城华埠美食城内部

起飞，卢萨卡已经形成了一个颇有规模的华人社区，举凡建筑、金融、医疗、纺织、机械、电信、工程、矿山、酒店和农场，都有大量华人参与，各行各业，人才荟萃。中餐馆更是随处可见，少说也有四五十家。

民以食为天，向"卢城华埠"的摊贩打听哪家中餐馆最地道，大家一致推荐"四川饭店"。我上网去查，果然，它排名第一。

四川饭店有非常地道的中式菜肴　　　　　餐馆东主杜威

　　四川饭店是一家装潢得非常漂亮的中餐馆，餐馆东主杜威待人亲切，在他的推荐下，点了红烧鱼、春卷、茄子豆角，每一道菜都让味蕾高度惊艳。后来，连去几次，便不再点菜了，只对杜威说："你看着办吧！"每回，吃了厨师的拿手好菜，我们总惊叹连连。而健谈的杜威，也常在餐后过来与我们谈天说地。

　　在交谈中发现，现年42岁的杜威，有着非常精彩的人生。

　　原籍中国河南的他，在大学读的是计算机系，毕业后，曾当过计算机程序员、教师、销售员、管理员。后来，还远赴北京，考取导游证。就在他摸索着想要确定自己的人生方向时，他在赞比亚开设餐馆的舅舅适时地向他招手。

到非洲去？他起先是抗拒的，在他的概念里，非洲和"落后""邋遢"等词语是画等号的。然而，来到赞比亚之后，他却发现，这儿大多民风淳朴，治安良好，气候宜人，可供发展的商机极多，是个很理想的居留地。

就这样，他留了下来。

他忆述道：

"2008年初来乍到时，走在破破落落的马路上，市面萧条。大部分超市和店铺在下午4点便闭门休业了，周遭一片死寂。网络很难连上，就连打长途电话都很困难。当时，食材和酱料都很匮乏，担心缺货，有时必须囤积，新鲜度不免打了折扣。现在可不一样了，要啥有啥，附近有个农贸市场，鸡鸭鱼肉样样有，酸甜苦辣各种酱料也不虞匮乏。食材齐全，然而，竞争对手却如雨后春笋，纷纷冒现。经营者得步步为营，丝毫不能掉以轻心啊！"

尽管华人很多，但经营中餐馆的杜威却抱持着一个独特的观点：餐馆要长长久久地经营下去，必须吸引当地人为顾客。与此同时，他认为要让非洲人接受有异于传统的外来菜肴，就必须相应地做出一些调整。而最大的挑战是，这些调整绝对不能影响中式菜肴原有的风味。

他冷静地分析道：

"有一些饮食的习性，是潜藏在'骨髓'里的，动摇不得。比方说，现在有许多赞比亚人远赴中国求学，中国应有尽有，可他们还是要随身携带自小吃惯的腌制咸鱼和蜀米粉。四川菜里的麻辣，是他们绝对接受不了的——对于别人彻头彻尾抗拒的一些东西，我们不必妄想去改变。此外，他们不喜欢肥肉和带骨的肉，我便只用里脊肉、鸡胸肉和去骨的鸡腿。他们喜欢春卷，许多餐馆都用超市出售的春卷皮，我不。我让厨师自己擀皮，又轻又软的皮炸起来口感特别不一样，他们一吃便爱上了。"

过去，非洲人对于中餐的认识仅仅止于甜酸肉、春卷和炒饭，但是随着世界的开放，许多非洲人因为求学和经商而足履中国，眼界开阔了，观念改变了，要求当然也提高了。他们学会了吃原汁原味的中餐，但是，话说回来，有些非洲人品尝中餐依然还是一板一眼的，最初的钟情，往往便是最后的记忆。

杜威举出一些有趣的例子来加以说明。

有一个老顾客，每回来，都点同样的三道菜：炒饭、西兰花炒虾仁、清炒豆芽，每回都吃得很开心。

可是，有一次，却生气地投诉清炒豆芽"货不对板"，原来厨师为了给这道菜肴增加一些变化而擅自加入了木耳，然而他却无法接受。为了尊重客人的味蕾，杜威嘱厨师去除木耳，给他重新做了一盘清炒豆芽。另有一回，一个老顾客投诉鱼香肉丝味道不对，他调查后发现，这道菜是一个新厨师做的，百人百味，处理手法不同，味道自然不同。既然顾客偏爱老

四川饭店有非常地道的中式菜肴

味道，杜威便请原来的厨师给他重新炒一盘。不过有些情况，杜威却会坚持立场，绝不退让。比方说，有一回，客人点了糖醋排骨，在吃光了整盘排骨之后，却投诉排骨不新鲜。杜威说："排骨是当天早上在菜市买的，色泽鲜亮，新鲜得不得了。她口口声声说不新鲜，但却吃得点滴不剩，分明是贪小便宜，无理取闹啊！所以，我不退钱，也不另做。有些原则，是必须坚持的，就算以后会失去这个顾客，我也不感遗憾。"

在这儿用餐，我发现服务员训练有素，服务态度极好。对此，杜威表示，他采取的是"高薪养优"的措施，员工月薪2400克瓦查（折合人民币约1049.18元），而在赞比亚，其他餐馆的一般员工，就只赚1000多克瓦查而已。

杜威曾经历过一件给他极大冲击力的事。

有一天，接近打烊时，有几个人突然气势汹汹地闯入了餐馆，喊打喊杀。而厨师呢，则缩在厨房一隅，不敢吭声——原来他在放工之前，把一只冰冻鸡从二楼厨房的窗口丢出去，准备偷偷拿回家。他原本以为神不知鬼不觉，没有想到，这只"不识时务"的冰冻鸡不偏不倚地打在一名路过行人的头上，血流满面的他，立刻在亲人的陪同下冲上楼来，要痛殴肇事者。

"事后，我原想开除他，可又念及他有6个稚龄孩子嗷嗷待哺，便放他一马。可是，到了月尾，他又来向我借钱，我这才领悟到高薪养优的重要性。"

杜威最大的梦想是在赞比亚开设中式连锁快餐店，把一些极受欢迎的美食，如春卷、饺子、甜酸肉、炒面、炒饭等，推广到赞比亚的每一个角落去。

他信心满满地微笑着说：

"介绍餐食，是推广文化最好的方式之一。"

　　杜威坚信，凡事凭借"五心"（良心、用心、细心、耐心和爱心）去做，便能做出不一样的成果。

　　我想，凭着他的"五心"原则，成功是指日可待的。

肆
Part 4

塞内加尔

个性彰显的玫瑰湖

——塞内加尔见闻

不是的。

不是这样的。

绝对不是这个样子的。

那椭圆形的湖泊，就安安静静地横卧在金色的沙漠里。站在湖畔的我，看着眼前苍老的蓝色，惊诧与失望，兼而有之。这种情况，就好像是风风火火地驾着跑车，但却不明不白地驶进了一条瘦瘦的死胡同内。空落落的心，一时竟找不到依托之处。

湖畔风光

　　玫瑰湖（Rose Lake）坐落于塞内加尔（Senagal）——距离首都达喀尔（Dakar）大约 35 公里的地方。这天的太阳，如水晶般清澈，把大地照得透亮。车子驶向玫瑰湖时，心里的快乐无所遁形。曾不止一次，在摄影集和画册中看过"玫瑰湖"的彩色照片，湖水呈娇艳的粉红色，是青春正茂的玫瑰花瓣集体溶解于水的颜色，那种世间罕见的美丽啊，令人疯狂。然而，眼前的"玫瑰湖"，和照片显现的、我所臆想的，相差了十万八千里。

湖畔的流动摊贩

　　满湖俱是郁闷的蓝色，风来，波澜不兴，好像已经死去百年了。

　　从事旅游业多年的亚德米幽默地表示，这玫瑰湖，是有个性、有脾气的，它刻意透过不同的色泽来展示心情的变化。它既是桀骜不驯的，又是我行我素的，没有人可以左右它的颜色。他进一步指出，6 月份是塞内加尔的雨季，对大地深具感情的玫瑰湖，担心雨季会影响农民的生活作息，因此，呈现出暗沉沉的蓝色，显示了它心情的抑郁。

哦，原来我是来得不得其时呀！

从自然界的角度进行探讨，深度只有一米左右的玫瑰湖，含盐量惊人，每公升海水含盐量最高竟然可达 380 克。（一般每公升海水的含盐量仅仅 32 克）由于阳光和湖中大量的嗜盐微生物与丰富的矿物质产生化学反应，每年 12 月到次年 1 月，湖水会展示出醉人的粉红色。然而，随着旱季和雨季的更替，湖中的含盐量会发生变化，色泽也因此变幻不定，蓝色、绿色、紫色、褐色、深红色，交替更易。亚德米每年多次在不同的月份到玫瑰湖来，便见证了玫瑰湖截然不同的变化。

说话富于韵味的他，满脸陶醉地说道：

"深红色最震撼，像火狂烈地在水中燃烧，一直烧，烧到了你灵魂深处，你简直可以听到灵魂的尖叫声哪！"

含盐量奇高的玫瑰湖，就和死海一样，人在当中，是无论如何也沉不下去的。

当地流传一则笑话，有一对美国的夫妇来此游玩，

发生了激烈的口角，丈夫一气之下，把不谙泳术的妻子猛地抛进湖里，企图谋杀她，然而，妻子却只是轻轻地掉落在湖面上，浮卧在那儿，和他大眼瞪小眼地对视……嘿嘿，这风情万种的玫瑰湖，居然也具备了"救人"的菩萨心肠哪！

我和日胜泛舟于寂寂无人的湖上，湖水沉甸甸的，船夫划得很吃力。我注意到湖面上随处可见一根根浮出水面的木桩，向船夫探询，他停下小舟，用力把木桩拉上来，啊，原来是"盐棒子"呢！由于玫瑰湖的含盐量实在太高了，采盐人家只要把木桩插进湖水里，什么也不必做，过了两三个月，瘦瘦的木桩就会变成胖胖的"盐棒子"了。当然，这是"懒人"的作业方式，在平常的日子，湖面上总挤挤迫迫地停满了采盐的小舟，采盐者站在船上，以铁枝击碎凝结在湖底的盐晶块，再跳

在湖水里撑船，分外吃力

粒粒皆辛苦

下水去，用篓子把盐块捞起，盛上来，以沥水晒干的方式制盐。每一艘船可以载大约 500 公斤的盐，每天工作六七个小时，每一个采盐人每天大约可以采集 1000 公斤的盐。一切纯人工，没有仰赖任何机械。

亚德米告诉我，采盐工人每天必须站在齐腰深的湖水里捞盐，而长期浸在浓度如此高的盐水里，皮肤会受腐蚀，为了保护皮肤，采盐工人在工作之前，必得用乳木果的油脂涂满全身。有趣的是，塞内加尔许多家庭主妇都会制作这种润肤霜 —— 她们将乳木果捣碎，放进水里去煮，久煮之后，水面会浮起一层厚厚的油。这层油冷却了，便成了润肤霜了。它不但是采盐工人的护肤恩物，在塞内加尔和其他一些西非国家，初生婴儿、孩童、成年男女都会使用它。因此，许多西非人都有润滑

非洲女性最爱敷用乳木果润肤霜

貌似乳酪的乳木果润肤霜

紧实的皮肤，不论白天晚上，看上去都是熠熠发亮的，而且，他们看起来都比实龄年轻。到当地的集市去逛，我便常常看到摊贩出售大块大块的乳木果油脂，乍看以为是奶酪，后来才知道是当地百姓都爱敷用的美容霜。

在水里采盐，是非常累人的体力活，塞内加尔95%的居民信奉伊斯兰教，6月是伊斯兰教徒的斋戒月，在白天戒食、戒水的情况下，往往体力不济，因此，他们在这个特殊的月份里，暂停采盐的工作。鉴于此，整个湖面才出现空无一人的异象。

尽管湖面寂寥，可是，湖畔却是一片喧嚣。

工人所采集的盐，在岸边堆积成一堆堆盐山，白得耀眼。慷慨的阳光洋洋洒洒地铺满了大地，工人就在灼热下，手执锹子，用力地把盐铲出来，放进布袋里，小袋约25公斤，大袋重达50公斤。由于阳光猖獗，盐又是白色的，折射出来的光，会伤害眼睛，所以，工人必须戴上墨镜。

盐分两种，细盐用以烹饪，粗盐用途较广，可以用来腌制食品、制作保健品和美容面膜，此外，冬季来临时，还可用来融化门前积雪。

玫瑰湖的盐，予取予求，产量丰富，每年都大量出口到欧洲和非洲其他国家去。

盐的售价不是固定的，视需求而定。以目前的市价来说，25 公斤一大袋盐，才售 1500 西非法郎（折合人民币约 16.83 元）。耕耘如此辛苦，收获却如此微薄。大家都说捕鱼人家世世苦，看来，采盐人家也是同一条

瞧，木桩上的盐粒多厚啊

在烈日之下采盐，是极辛苦的营生

偷得浮生半刻闲

"玫瑰湖的盐有甜味与香味，要买吗"

藤上的苦瓜啊！

具有"玫瑰湖情意结"的亚德米神采飞扬地说，别处的盐是死咸的，可是，由玫瑰湖采集而得的盐，却是内蕴甜味的，甚至，还散发着一股隐隐约约的香气哪！亚德米的话当然

体验凿盐

是无可辩驳的，因为浓厚的乡情往往是会影响味蕾的。

现在，让塞内加尔人担心的是，地球气候不断地恶化，这个面积只有三平方公里的咸水湖也受到了影响，正在逐渐地萎缩。

亚德米忧心忡忡地说：

"我们正一寸一寸地失去这个宝贵已极的湖，但是，大家都束手无策。"

啊，是不是得不到善待的地球慢慢地在显露它的脾气，把那些让人惊艳的自然景致一点一点地收回去呢？

是不是啊？

牙刷长在树上

　　走在塞内加尔大小城市的横街窄巷里，我发现了一个奇特的现象——许多人嘴巴上总是闲闲地叼着一根细细的东西，乍看还以为是雪茄或香烟，近看才知道不是。

　　那是一根根干枯的树枝。

　　这些树枝，内有乾坤。

　　它们是塞内加尔人的"牙刷"。

　　土生土长的普桑米告诉我，用树枝当牙刷，是塞内加尔人由来已久的传统。一旦孩童口腔内的牙齿"崭露头角"，家长便会教导他们使用树枝来刷牙了。他们认为，由树枝分泌出来的天然汁液，能漂白牙齿、祛除口臭、杀菌防蛀，保持口腔卫生。普桑米洋洋得意地指出，有了树枝这个强大的克星，任何细菌在口腔里都无法苟活。他说，这种环保的"天然牙刷"，使塞内加尔人都拥有一口灿然生光的洁白牙齿、"百毒不侵"的健全牙

这些处处都有出售的树枝，是塞内加尔人的牙刷

齿，牙医在塞内加尔根本没有立足之地。

以树枝当牙刷这种习惯之所以能历久不衰地代代相传，当然还有一个很关键的原因：塞内加尔树木比比皆是，树枝予取予求，随手一折，便是上好的牙刷了，大家都不必花费一分一毫去买牙刷牙膏。然而，值得注意的是，并不是所有树木的枝丫都能用来当牙刷——质地太软或太硬者都不行。普桑米告诉我，当地人只需瞅一眼，便知道何者能用、何者不能用。普桑米个人认为罗望子树、金合欢树、印度楝树、可乐树最为理想，这些树的枝丫软硬适中，而且，内蕴香气。最绝的是，老于此道的塞内加尔人，还能在不同树种的枝丫里品尝出截然不同的滋味，比方说，印度楝树微带辣味，可乐树清甜耐嚼，金合欢树苦中带甘，罗望子树有温柔的酸

味。各有所爱，各取所需。普桑米呢，百树兼容，口腔因而百味麇集，缤纷多彩。

我们刷牙，一般有固定的时间；然而在塞内加尔，男女老少，有许多是不分时辰、不分场合地把树枝叼在嘴里的。我注意到，他们不时以拇指和食指拈着细长的树枝，放在上下两排牙齿中间，津津有味地咬着、咬着，咬个天荒地老。普桑米指出，这样做可以很好地磨练牙齿的力道，使满口牙齿"活到老，强到老"——就算皱纹爬满一脸，牙齿依然屹立不倒。

树枝，也是塞内加尔人的"牙签"。成人吃过饭之后，总爱用树枝剔除阴险地藏匿在牙缝里面的食物残屑，使口腔时时刻刻保持百分之百的洁净；孩童吃了糖果之后，也用树枝清除所有残存的糖渍，以免在一旁觊

觑的蛀虫伺机作乱。

更绝的是，它居然也是香烟的"替代品"——在塞内加尔，烟民寥寥无几，在公共场合众人集体"吞云吐雾"的现象绝无仅有，这当然得归功于当地人"口叼树枝"的这个良好习惯了。一个嘴巴，在同一段时间里，就只能专注于一件事啊！

到百货集市去，看到有摊贩将纤细的树枝截成铅笔般的长度，捆成一扎扎，出售。

我付了100西非法郎（折合人民币约1.12元），买了两根，入乡随俗地叼在嘴上。感觉硬邦邦的，根本咬不动。普桑米笑道："我们的牙齿在长期的磨练下，早已硬如钢铁了。"他把树枝放进嘴里，咬了两三下，再把树枝从嘴里取出，只见枝丫已经露出里面米黄色的木质纤维了。接着，他便让这根"牙刷"在他口腔里滴溜溜地转来转去了。

勤能补拙，我花了一番工夫，居然也能让树枝在口腔里泌出一股股树木的清香味儿。

对此上了瘾，在塞内加尔晃来晃去时，我嘴上总也闲闲地叼着一截树枝，任由它释放甜酸苦辣……

"泰山"压顶

站在首都达喀尔的集市，我目瞪口呆。

集市，惊人地大，在肥肥的大街上和瘦瘦的横巷里，多如繁星的小摊子，栉比鳞次地排列着。

然而，让我惊叹的，不是这些千姿百态的地摊，而是非洲妇女顶在头上的"活动摊子"。

塞内加尔失业率高，大家都不愿意陷在贫穷的大网里坐以待毙，所以，每个妇女都出尽法宝做点小生意。她们把在家里以巧手制成的手工艺品，或者把从批发市场买回来的那些形形色色的货品，顶在头上，在人潮的缝隙里灵巧地钻来钻去，寻找买客。头顶摊子的"内容"包罗万象：布匹、衣服、被子、鞋子、木柴、碗碟、汽水、糕饼、水果、面包、冰块、糖果……真可说是"要啥有啥"。尽管赚的只是蝇头小利，可是，集腋成裘啊！她们坚信，只要拥有一双肯干活的手，

头顶鞋子售卖的非洲妇女

加上一个能顶"一片天"的头颅，就是绝对饿不瘪的呀！正因为人人都肯、都要自食其力，国家虽然贫穷，然而，治安良好，乞丐也不多。

有一回，在巷子里看到一名年轻女子，头上顶着一个玻璃箱子，轻轻松松地走着。玻璃箱内，装着金黄灿亮的油炸小食。我向她招手，示意要买。她立马停步，双手向上一抬、一托，再低头、弯腰，那个玻璃箱子，便稳稳当当地落地了。

我买了几块油炸面饼后，好奇地去挪动那个玻璃箱子，天呀，它好像被人施了法术一样，重得超乎想象，毫厘也动它不得！看到我瞠目结舌的样子，她若无其事地笑了起来，也许，她心里想的是：这个人，真是少见多怪呀！

沉重的木箱被女子轻松地顶在头上

非洲妇女头上能顶"一片天"

　　把东西顶在头上，是每个非洲妇女自小便养成的习惯。贫穷儿女早当家，在农村里，每个女孩到了五六岁时，便开始以头颅来"盛载"东西了——把东西放在头上，原因之一是头颅能承受的重量比较大，原因之二是她们能空出双手来提其他东西。曾经见过一个妇女，头上顶着一桶满满的水，手上抱着一大捆柴，背上还驮着一个孩子，真叫人叹服啊！据说每个成年非洲妇女的头颅都能够承受多达 50 公斤的重量。哎哟，50 公斤！对于手无缚鸡之力的城里人来说，那是一个能把颈项硬生生地压断的重量啊!

"泰山"压顶而依然可以健步如飞,生活里没有任何压力可以压垮她们。

以农业为主要经济命脉的塞内加尔,农耕主要依靠人力,务农人家需要大量人手,许多农村妇女在生育上没有节制,"咚咚咚"地,生了一个又一个……

于是,在农村常常看到这样的景象:一堆稚龄的孩童由年龄并不很大的兄姐照顾,在襁褓中的婴孩呢,则由母亲以一块布紧紧地裹着,驮在背后。

软绵绵的孩子贴在背上,妇女干起活来,依然热火朝天。赶牛、赶羊时,牛儿的"哞哞"、羊儿的"咩咩",便是婴儿的催眠曲了。播种、犁田,洗衣、炊食,婴孩都不离身。看她们舂谷,真是一绝啊,双手拿着长长的木杵,出尽全力,在石臼里上上下下地舂呀舂的,在母亲抛物线般的大动作里,好似坐着过山车的婴儿,酣眠如醉酒。偶尔婴儿哭了,她们便飞快地解开布带,喂哺母乳,脸上的亮光,可与太阳争辉……

塞内加尔的妇女,活得好似一架 24 小时都在转动的风车,就算风不来,她们也会设法以人力使风车不绝地转动!

猴面包树

——塞内加尔的地标

　　啊，我是不是不小心地闯入了"小王子"的星球里？

　　快乐，像决堤的水般在我心房里毫无章法地流窜着。

　　眼前，野生的猴面包树好似疯了般，在广袤的大地上狂烈而又旺盛地生长着。一株株 20 来米高的树，树干直径却不可思议地宽达 10 多米，而树冠的直径更夸张，蓬蓬勃勃地向左右两边伸展，有者竟阔达 50 余米，它

婀娜多姿的
猴面包树

们就像是一个个头颅奇大的超级胖子，笨拙地伫立着。在《小王子》一书里，法国作家圣埃克絮佩里就以"像教堂那么大的树"来形容它，他还幽默地说道："带一群大象去，这些大象，就连一棵猴面包树也没有办法啃完。"这样的描绘，贴切而又生动，令人拍案叫绝！

树冠巨大的猴面包树，有着千姿百态的树权。当一株猴面包树孤零零地屹立着时，你会为它卓尔不群的美啧啧惊叹；然而，当一群千娇百媚的猴面包树在你面前搔首弄姿时，那种铺天盖地的美，足以让你晕眩窒息了。

小王子把猴面包树视为极端可怕的植物，他一心认定，如果不在萌芽之际便加以铲除，生长力强劲的它将四处蔓延，覆盖整个星球，最后势必挤爆星球，使星球分崩离析。

在《小王子》一书里的猴面包树，意境丰富，读者解读时，各有不同的诠释。有者把它看成是邪恶的象征、伸张的霸权，有者则把它比喻为张牙舞爪的欲望、噬人灵魂的诱惑，等等，不一而足。然而，不管从什么角度看它，它在书里的形象始终都是负面的。

那么，真实世界里的猴面包树，又是怎样的呢？

和在《小王子》里的"形象"恰恰相反，它是地球上不折不扣的"宝树"。

　　我在当地认识的朋友卡里姆，便骄傲地对我表示，猴面包树是塞内加尔的地标——遍地野生的猴面包树，已在西非这个贫穷的国家里形成了一道绚丽的景观。以它为荣的塞内加尔人，还把它当作绘画、制作日历、雕刻、设计封面与书内插图的大好素材。

　　耐旱性极强的猴面包树，木质疏松柔软，利于储水。在雨季里，它利用宛若海绵般的木质，拼命吸收水分，将其储存在粗大的树干里。到了旱季，它便会像骆驼一样，慢慢"反刍"树干里的水分，凭此保命。它被誉为"生命之树"，因为干渴的游牧民族或缺水的旅人在沙漠遇上它，便像碰上了清冽的"水源"——只要在树干上凿一个小洞，便可以畅饮这源源不绝的甘甜清水赖以活命了。据说树干的储水量足足重达12万公升呢，真可说是一个超级"大水缸"啊！因为这个缘故，它也被昵称为"瓶子树"。

猴面包树被誉为"生命之树"

　　适者生存，到了

旱季，为了减少水分的蒸发，它会褪下所有的树叶，露出变化多端的树杈和枝丫，形成了一种光怪陆离的美。

每回看到它们，静水流深的猴面包树，都争先恐后地在说话，说着千百年来它们的所见所闻……

千百年？

千姿百态的树群

一点儿也没错，猴面包树是植物界里的长寿树，据说可以活上 5000 年哪！

我风尘仆仆地赶到 Fadial 村庄去瞻仰塞内加尔那棵 1500 岁的猴面包树，哎哟，岁数那么大，可它还欣欣向荣地活得精神抖擞哪！

我注意到，这棵耸天而立、惊人地魁梧的猴面包树，居然是中空的！低头弯腰，走进敞开着的树洞里，

猴面包树的树洞十分宽敞

我发现，里面宽敞得不得了，简直就像是一间小居室呢！

卡里姆告诉我，一般来说，树龄300年以上的猴面包树，树干中间，都是空荡荡的。

"中空的树，不是随时都会倒塌吗？"我惊诧地问道。

"啊，这就是猴面包树的神奇之处了。"卡里姆洋洋得意地说道，"它的树根，异常粗大，九曲十八弯地伸展到地底下很深、很深的地方去，稳如泰山，就算是飓风席卷而过，恐怕也撼动不了它一分一毫呢！"

有些脑子灵活的村民，就将中空的树干当作自家的贮藏室，据他们表示，食物储存在内，可以久藏不坏哪！

最为吊诡的是，有些村民还把尸体埋葬在中空的树干里面呢！卡里姆向我出示他手机里的照片，果然，照片里的那棵猴面包树，树干以内，藏着白森森的骨骸，真叫人惊怵啊！葬人于树这种风俗，现在已被禁止了。

在雨季里饱吸水分的猴面包树，会绽放出撩人美姿的花朵，一朵朵大如巴掌，悦目的米黄色，味道清甜。

当地人将花瓣碾碎，用以制作饮料和糖果。

5月至8月的花期过后，猴面包树便轰轰烈烈地结出了椭圆形的果实。果实成熟时，甘甜多汁，吸引了成群结队的猴子爬树争食——"猴面包树"这个称谓，就由此而来。

猴面包树的果实营养丰富，含有抗氧化成分、蛋白质、钙质、维生素C等。当地人掰掉硬壳，把白色的果肉打碎做成饮料，味道酸酸甜甜的，十分开胃。我喝上了瘾，每餐必饮。

果核含油量高，榨出淡黄色的油，可用以烹饪，还可制作润肤膏、指甲油等。

猴面包树的叶片也含有丰富的维生素和钙质，村民用以炒食或熬汤，味道极佳；此外，把叶子晒干捣碎后，可以充作烹饪调料。叶子，也是牲畜爱吃的饲料。人畜共食大地野树的果实和树叶，一派圆融和谐的大好景象。

猴面包树的果实

猴面包树果实做成的饮料

猴面包树也是塞内加尔人保健的"药箱"——树皮、叶子和果实都可入药，具有消炎、消肿、退热、养胃、利胆、治疗疟疾的良好效果。

卡里姆顺手从树上摘下了一枚果子，递给我，笑嘻嘻地说道：

"果实泡水，喝了可治腹泻，疗效神奇。民间流传一个说法，你如果走在猴面包树下面，千万不要让果实掉在你头上，否则，会一生便秘哪！"

哎哟，一生便秘！原本气定神闲地站在树下的我，立马化成离弦之箭，闪开了。宁可信其有，不可信其无啊！

猴面包树粗糙的树皮，含有丰富的纤维素，村民用以制作绳子和乐器的弦，真可说是"物尽其用"啊！

卡里姆说得好：

"野生的猴面包树是大地的精华，它的花朵、树叶、果实，谁都可以摘，谁都可以吃，谁都可以用，它是属于全民的。"

啊，纵是植物，却也知道均分恩泽于人间的道理呵！在猴面包树身上，我看到了公平、和谐、温馨、智慧……在《小王子》一书里，小王子对它"赶尽杀绝"，而在塞内加尔，它以真相为自己正了名。

西坡女王

　　塞内加尔的西坡村庄（Sipo Village）有位现在仍然在位的西坡女王（Queen Sipo），旅客可以通过当地旅行社进行安排，拜会女王。

　　临行前，通谙英语的土著德麦鲁向我们交代了一些晤面的细节：

　　"乍见时，女王会吻你左右面颊，这是她的外交礼仪。在交谈时，你千万不要单刀直入问她有多少个孩子，因为根据当地风俗，把孩子的数目明确地告诉别人，是会给家族

西坡女王的会客室

带来噩运的，所以，你只能婉转地问她有几根手杖。"

西坡村位于河的对岸，摩托船犹如剪刀般把丰饶的河水剪开了，嫩绿的水面浮着白白的云絮，仿佛还能看到水里游动的鱼儿和漂动的水草。德麦鲁透露，西坡女王的村庄位于政府设定的环境保护区内，河里不许垂钓，林中也不许狩猎。

西坡村只有寥寥的 116 个村民，大部分人住在简陋的干草房里，以养牛养羊、种植花生和小米为生。他们遵守女王定下的律法过活，政府既不干预，也不资助，一切自食其力，自给自足。

西坡女王的"宫殿"是一栋泥砖砌成的房子，和平民的干草房相比，算是"奢华"的了。

西坡女王

她衣着鲜丽，橙红色的及地长裙缀以艳黄色和嫩绿色的图案，配着同样花式的头巾，非常耀眼，活像一个调色盘。她可真是热情得超乎想象啊，一见面，便紧紧地抱住了我，吻了左颊又吻右颊，坐下之

后，居然又左颊右颊地吻呀吻的，弄得我满脸都是甜蜜的口水。

年届九旬的西坡女王，当年从父王手中继承王位时，是芳华正茂的 25 岁。迄今，在位已有长长的 65 年了。

她是居民不可或缺的"精神指南针"，每天，家家户户有解决不了的问题，都会前来宫殿拜见，求教、求助。西坡女王医术精湛，惯常以植物熬炼的药物为村民治病。此外，高龄的她，还在帮助村中的妇女分娩，临盆的女子一看到她，便像服了定心丸。

此刻，会客厅里，飞进了蚊子，嗡嗡之声不绝于耳。在女王的指示下，随从取来了一团黑色的东西，以火点燃。女王好整以暇地解释道："这是用植物提炼的，能驱除蚊虫和蛇类。"不旋踵，蚊子果然销声匿迹了。女王自豪地说道："我们的丛林，既是药房，也是厨房，是个取用不竭的大宝库啊！"

被皱纹嚣张地爬满一脸的西坡女王，精神矍铄，声如洪钟，思路清晰。她坦白透露，她保健的秘诀，可用简简单单的八个字来加以概括：

"少食多餐，多素少荤。"

她每天吃四餐——早餐与下午茶以麦片和羊奶为

主，午餐与晚餐则吃鱼和粥。红肉类和油脂，绝不沾唇。说着说着，她突然拉起了长裙，说："你瞧。"我仔细地瞧，那是一双看起来无比矫健的腿，出奇的结实，她微笑地说道："我现在仍能健步如飞呢！"

除了饮食的节制外，西坡女王更重视的，是精神世界的充实，她说：

"百姓需要我啊，我每天都有忙不完的事情，哪有余暇生病呢？"

这个小小的西坡村，女王勤政，百姓和谐，尽管生活简陋得连水电的供应也没有，但是，人人知足常乐，可说是人间的"另类乐土"。

农民的黄金

一走进菜市，花生在塞内加尔的重要性，立刻凸显了。

被誉为"农民黄金"的花生，一粒粒胖嘟嘟的，满满地装在一个个大大的布袋里，喜气洋洋地等待顾客上门。花生分成几个类别：颗粒完整而又肥硕的，是用以播种的；次好的用以榨油；最瘦小的呢，则供人剥食。此外，我还看到许多摊贩在售卖一种扁圆形

花生集市

以花生渣做成的饼

的东西，灰黑色，看起来好像是普洱茶饼，其实是花生渣——以机器把花生蕴含的油脂榨干之后，再把无油的花生渣压缩成饼，用来煮饭或当作牲畜的饲料。一大块才卖 400 西非法郎（折合人民币约 4.49 元）。还有哪，褐色黏稠的花生酱，高高地堆积在圆圆大大的盆子里，这是当地人烹饪时最喜欢用的调料。

觑准了大好的市场，以农立国的塞内加尔，从 19 世纪开始便大量栽种花生了。如今，已是全世界生产花生的第四大国，花生也成为最重要的出口农作物。

这天，到一个以栽种花生为主的小村庄 Kedougou 去逛。

这个傍山而立的村庄，风光优美，住了 20 多户人家，约有 200 余人口。

一进村子，我便闻到了一股香味。一个妇人，正在户外烹煮花生饭哪！只见她把灰色的花生饼掰成碎片，掺在米粒里，再在锅内加水，放在炭火上煮。她家里的其他成员，全都下田耕种了，现在，是雨量丰沛的时期，正是栽种花生的大好时机。把饭煮好后，她会送到田地里，让辛劳的家人果腹——迄今为止，塞内加尔的农耕还是依靠人力，为了确保劳动力充足，农村妇女生育无节制，许多孩子，也成了田里的"生力军"。

花生饭在炉上烹煮时，妇人双手并没有闲着，她将眼前一大箩花生一颗一颗地去壳，一把一把地抓在掌心里，一粒一粒地仔细挑选。把饱满完好的挑出来，充作种子——好的种子，可以种出一大串四五十颗花生，但先天不良的种子，则只能种出寥寥几颗花生，所以，分辨优劣的这个过程，至关重要。其他颗粒瘦削或裂口的，便拿去碾成粉末，或者，研磨成酱，用以烹饪。

勤快的非洲妇女在烹煮花生饭

非洲农妇在拣选饱满的花生充作种植的良种

最绝的是，连花生壳也"物尽其用"——除了充作燃料之外，妇人也把壳舂碎了，一部分当作田里的肥料，另一部分则掺在草料里，喂养牲畜。

145

煮好的花生饭，香气四溢。好客的妇人，给我们盛了两小碗。哟，这饭，出人意料的好吃，灰褐色的米饭被花生浓烈的味儿渗透到内层，蓬松干爽，润而不腻，我们吃得满心欢喜。

在花生丰收的季节里，当地人会进行一项"叠花生"比赛。主办方在地上画一条白线，参赛的男子将装满花生的袋子顶在头上或扛在肩上，由起点飞快地跑到白线内，将袋子依照金字塔的形状摆设，如此来回奔跑，花生袋子也越叠越高，当叠到"金字塔"形的最顶端，便算大功告成了。

参赛的队伍每组约有 50 人，胜出的队伍，每个人可以得到一袋花生作为奖赏。这时，观赛的年轻女子便会向心仪的男子送上揩汗的手帕和解渴的饮料；如果男子也有意，便会在三天之内回赠一条手帕和一罐蜂蜜，表示愿意和她甜蜜地交往。

啊，花生，竟然成了撮合当地青年男女的媒介！

苍蝇的伊甸园

在塞内加尔旅行期间，每次到了用餐时间，我心里便条件反射地泛起了厌恶而又厌烦的感觉。

啊，苍蝇，实在太多太多了！

一坐下来，飞绕的苍蝇便在一旁觊觎了；食物一端上来，人与苍蝇争食的局面便展开了。我一边吃一边以手当葵扇，拼命驱赶苍蝇，然而，寡不敌众，眼巴巴地看着群蝇横行无忌地在我盘子里大快朵颐，可怜的我，胃口早已败了。后来，学乖了，用纸巾

遍地垃圾的塞内加尔

把桌子上的每一盘食物严严地盖着，要吃时，掀开纸巾一角，小心翼翼地把食物夹出来，那个样子，不像是食客，倒像是小偷。纵使防备森严，依然还是败下阵来——狡猾的苍蝇，觑空飞钻进去，得意洋洋地在食物上爬行，那一副"你奈我何"的无赖嘴脸，着实让人咬牙切齿！

苍蝇处处肆虐，不是没有原因的。

在塞内加尔，不管是在繁忙的大城市抑或是贫穷的小农村，大街上、小巷里、海边、河畔、沟渠内，满天满地都是垃圾。纸屑布屑、果皮果核，还有不计其数难以销毁的塑料袋和瓶子，全都堆积成小丘。更叫人惊心的是，连绿意盎然的树木也遭殃了，远远望去，一棵棵树宛若五颜六色的圣诞树，近看时，才发现树上挂满的是污秽的垃圾，不但有碍观瞻，而且有损公共卫生。

不止一次，我问当地人：

"怎么没人清理垃圾呢？"

他们耸耸肩，以一种事不关己的态度说道：

"有啊，上个星期，这儿的垃圾就被清理了，可是现在，你看，又成小丘了。"

垃圾啊，就像是树上的落叶，扫了又来、再来、重来，没完没了。

大家与垃圾"和谐共处"而又习以为常，关键在于人人都把周遭的环境当作无形的垃圾桶，不管手里拿的是什么，也不论置身何处，想丢便丢，随心所欲。自小养成的坏习惯，早已积重难返。雪上加霜的是，有关部门并不重视这个问题，一方面，没有提供应有的设施（比如在公共场合放置大小垃圾桶）；另一方面，对乱抛垃圾者也没有任何惩罚的措施，所以，大家率性而为，一起为垃圾山的堆砌做出"贡献"。

六月份，正是杧果成熟的季节，价贱如土，人人爱吃而又吃得起，我就曾目睹许多成人和小孩在吃完杧果以后，把果皮和果核随手抛掷在地上。苍蝇飞绕，蚂蚁

塞内加尔盛产杧果

麇集，大家司空见惯，视若无睹。

以农立国的塞内加尔，目前仍有 70% 人口以务农为生。许多城市并没有进行很好的规划，因此，在汽车川流不息的大街上，羊们就站在五花八门的垃圾堆旁，寻找果腹的食物。羊与垃圾，蔚然成了塞内加尔一个奇特的景观。整个大环境是如此地邋遢，家居的小环境也不遑多让，苍蝇在这儿快乐地找到了它们的伊甸园。

由遍地的塑料品牵引出来的另一个值得深思的问题是，塞内加尔人随意滥用危害地球的塑料品，已经成了一个亟待解决却又无从解决的问题。

每回在垃圾山里看到成堆的塑料品时，我总听到内心焦灼的呐喊：

"请救救地球，救救地球啊！"

暗藏商机的渔村

那一天早晨，蓬勃的阳光璀璀璨璨的，把大地照得像水晶般明亮。我来到了那个每一寸空气都窜满了鱼腥的渔村。

坐落于塞内加尔西北部的恩达尔（Ndar），是西非最古老的渔村，拥有300余年的历史。渔村距离塞内加尔河很近，渔产惊人地丰富。

通谙英语的瓦蓝丁若亦庄亦谐地对我说道：

"有一回，我到塞内加尔河畔散步，赫然看到原本蔚蓝色的河水变成了白茫茫的一片，

恩达尔是西非
最古老的渔村

走近一瞅，哎哟，河里挤挤迫迫的，全都是大大小小的鱼儿啊！渔夫根本不必撒网，伸手一捞，便能捞个盆满钵溢。"

这天早晨，辽阔的圣路易斯河上，满满地停泊着大大小小的渔船；船上，堆满了刚刚捕获回来肥肥瘦瘦的鱼。渔船超大者可以容纳 15 人，中型者可坐 7 人，最小者仅容 2 人。渔夫们就在船上将鱼分类，体积肥硕的鱼放进大桶里，瘦小的搁入大盆内。

让我目瞪口呆而又觉得莫名其妙的是，渔夫们居然将盆里的小鱼一股脑儿倒在沙滩上。这些被丢弃的鱼，引来了不计其数的苍蝇和飞鸟，也引来了许多捡拾鱼儿的妇孺。被丢弃的鱼实在太多了，所以，他们只捡拾那些较为肥大的。有些畜牧人家也来捡拾，据说他们把鱼捡拾回家后，烧成粉末，掺进饲料里，喂牛、喂羊，刺

当地贫民在沙滩上捡拾弃鱼

激乳腺，使它们能分泌更多的乳汁。足堪忧虑的是，牛和羊，都是素食者，如此硬生生地把鲜鱼磨成粉喂养它们，假以时日，会不会引发另一轮的疯牛症抑或是疯羊症呢？

向瓦蓝丁若探询鲜鱼被弃置沙滩的原因，他深深地叹了一口气，说：

"他们捕获的鱼太多了，小鱼根本卖不出去。塞内加尔生活水平低下，没有用以冷藏的储存库，丢弃是唯一的解决方式。"说着，他指了指一些肩上扛着重物的孩子说道："瞧，他们卖的，就是供鱼儿保鲜的冰块了。问题是，附近就只有那么一家制冰厂，根本就供不应求啊！"

"这样滥捕滥丢，简直就是暴殄天物啊！"我说。

"对对对，总有一天，塞内加尔河甚至于大西洋里的鱼类，都会被赶尽杀绝的！实际上，渔夫们应该设计网眼较大的渔网，让小鱼存活，等它们大了才捕，这才能确保鱼儿生生不息，也才能确保下一代有足够的鱼可供享用啊！"瓦蓝丁若语重心长地说道，"实际上，塞内加尔的渔业具有强大的潜力，比方说，过剩的鱼类可以制成咸鱼、鱼干和鱼罐头等，输送出口，这样一来，不但可以改善渔民的生活，而且也可以使塞内加尔渔业的美誉传扬在外。可惜政府没有好好地加以扶植，商家也没有觑准商机加以发展。"

塞内加尔的渔村，的确蕴藏了无限的商机，等着独具慧眼的人去发掘。

有些妇人，每天早上等在岸边，等渔夫的渔船一靠岸，便拿着大桶或竹篓去买鱼，一大桶几十尾，才售2000西非法郎（折合人民币约22.44元），真是"价贱如土"啊！鲜鱼的价格，每天都不一样，视捕获量多少而定。妇人把鱼送到菜市去卖，价格立马翻了三四倍，每桶可以卖6000至8000西非法郎。妇女的桶盛得太满了，她们吃力地提着走时，一些鱼儿便趁机"投奔自由"，有些孩童，亦步亦趋地跟在后面捡拾，妇人也不干涉，任由他去。孩童拾了一尾又一尾，渐渐地，

当地人捡拾了鱼，便聚集聊天

小小的竹篮盛满了，便拿到路边去叫卖。

　　刚才那些在沙滩上捡拾鲜鱼的妇女，此刻都坐在树荫下休息，闲话家常，每个人身旁的篮子，都放满了"不劳而获"的鱼。看到我走过，居然伸手讨钱。我调侃地说：

　　"嘿嘿，你们天天餐餐有鱼吃，日子过得比我还滋润呢！"

　　她们齐声叹气：

　　"唉呀，我们的日子，穷得只剩下鱼了。"

　　我哈哈大笑，然而，想深一层，年年、月月、天天、餐餐都吃鱼，就算是龙肝凤胆，也会吃腻的呀！

惊 魂

那天中午，匆匆赶到卡萨芒斯河畔，想要搭乘汽艇到别具风味的小岛卡拉阪去住一晚。

由于路上堵车，抵达码头时，汽艇已经开走了。为我俩安排这一趟行程的导游穆尔必诺告诉我们，下一趟汽艇，必须等上两个小时。

不甘心白白耗费两个小时，问穆尔必诺有没有其他的变通办法，他说：

"有一艘载货的摩托船即将出发了，如果你们不介意的话，我们可以与货物同行。"

我一听，不愁反乐，嘿嘿，多么新奇的经历啊！

摩托船看起来非常陈旧，搬运工人正把一袋袋的马铃薯和大洋葱往摩托船上搬，一层叠一层地放满了，我问穆尔必诺：

"我们坐在哪里呀？"

穆尔必诺指了指那些货品，笑嘻嘻地说：

"要坐在马铃薯或者是大洋葱上面，随你选择。"

我选了温和的马铃薯，因为我担心大洋葱小气，会在我的重压之下，分泌出刺激性的液体，让我吃不了兜着走。不过，话说回来，坐在那一袋袋凹凸不平的马铃薯上，也绝对不是一桩惬意的事儿。

卡萨芒斯河全长 300 公里，河面宽广，沿途接纳了一些小支流后，注入浩瀚的大西洋。

这天的阳光好似在发脾气，又尖又利，能割伤人。摩托船在浩渺的水面上行了大约半个小时后，原本极为嘈杂的发动机声愈变愈弱，船速也愈来愈慢，最后，一切的一切，戛然而止。船，就气息全无地浮在深达 20 余米的河面上。

"摩托船坏了。"船夫宣布。

他没有备用的摩托，船上也没有救生衣。辽阔的河面上，百里人踪灭。

怎么办呢？

船夫掏出手机讨救兵，我们别无选择，只好呆呆地坐着等。

在等待的当儿，穆尔必诺竟然与我们聊起了 2002 年在塞内加尔发生的那一宗轰动全球的船难，听得我毛骨悚然。

2002 年 9 月的秋天，一艘客轮"乔拉号"通过卡萨芒斯河驶往首都达喀尔，在晚上 11 时许遇上狂风暴雨，惨惨地在冈比亚海岸附近沉没。当时，一千余名乘客绝大多数在梦会周公，来不及逃生，客轮在短短几分钟内翻覆。由于当时风大、雨猛、浪高，救援工作倍加困难，最后，只有寥寥 60 余人遇救，其余 1863 人全都罹难。

事后，根据有关方面调查，超载是失事的主要原因，"乔拉号"规定的载客人数为 600 人，而事发时，船上共载有 1927 人。此外，由于当时是旅游淡季，船底舱运载的车辆和货物都较少，客轮重心不稳，遇上滔天巨浪便无可避免地翻覆了。

此刻，看着汽艇上那满满地堆积着的马铃薯和大洋葱，我忐忑不安地问穆尔必诺：

"这船，有超载吗？"

他笑了起来，说：

"别担心啦，平常，这摩托船是载牛载羊的，现在，只载了一些马铃薯和大洋葱，哪会超重呢？"顿了顿，又补充道，"意外发生之后，有关方面在码头设立了一个测量站，刚才我们已经通过这一项安全检测了呀！"

听了他的解释，我心稍安。可是，阳光跋扈，溽热如潮水般泼满一身。

在烈阳之下，足足等了三个多小时，才等来了救兵。

被晒成了一条咸鱼的我，游兴尽失。

摩托船坏了，船夫一筹莫展

拜见国王

在塞内加尔，有个小小的自治区乌苏伊（Qussouye），迄今仍然延续多年以来的统治方式，由国王管辖。

游客可以通过中间人进行安排，在约定的时间前去拜见他。乌苏伊自治区的一切都是自给自足的，塞内加尔政府在经济上没有给予任何援助，基本上不干预他们的内政，国民也不必向政府缴税。

陪同我们的通译员史昆达，事先知会我：

"届时你千万不要穿红衣，因为那是乌苏伊国王专属的颜色。"

通往皇宫的那条长长的泥路，竖立着一个大大的牌子，上面清楚地写着："非经允许，不准擅自入内。"我

乌苏伊国王（摄于皇宫前）

们随着史昆达行经那条狭隘的泥路后，来到了小小的庭院。皇宫是以泥土和棕榈叶配搭而建成的，入门处有

通往皇宫的道路，闲人免进

人把守。史昆达告诉我们，只有国王管辖下那 17 个村庄的 5000 余子民，才可以进出皇宫；一般访客只能坐在庭院那截铺着白布的粗大树桩上，静候国王莅临。

等了约莫 20 分钟，头戴红帽而身穿红色长袍的国王迈着稳健的步伐出现了，他手中紧紧地攥着一捆类似竹枝扫把的东西，据我猜忖，塞内加尔蚊虫多，国王大概是用它以驱赶蚊虫吧！没有想到，国王竟然表示，那是他片刻不离身的"权杖"——每当他出巡而发现有人发生龃龉或大打出手时，他只要举起"权杖"，轻轻一指，吵架者便会立刻噤声，打架者便会立马住手，权威性十足。他进一步表示：这一捆竹枝意义深长，众人拾柴火焰高，多根竹枝捆在一起，便象征着 17 个村庄的村民同心协力、团结一致。

现年 65 岁的国王，是在 2000 年登基的。终身制的王位，是民选而不是世袭的。王位，不是虚设的，国

王负责的实际工作，可以用"包山包海"这四个字来形容。

对于所有的子民来说，国王就是他们广义的"父亲"，事无巨细，只要碰上问题，他们便会登门求见。倘若村民有些隐秘的问题想寻求解决的办法，但又不希望别人知悉，便把拜会国王的时间定在"无人私语时"的凌晨三四点，国王也会因此牺牲睡眠时间耐心聆听，细心指导。换言之，国王对于子民是有求必应的。

国王就像是一部百科全书，对各种草药的功能了如指掌，百姓生病了，会来向他讨药方；在生活上碰到棘手的问题，会来讨教；手头拮据者，也会前来寻求经济

作者与国王合影

的援助，只要理由充足，国王会毫不吝惜地伸出援手。

"国王比警察更能有效地解决问题呢！"通译员史昆达笑道，"最近，有两个家庭发生纠纷，无法解决，闹上警局，闹腾许久都无法解决，公说公理，婆说婆理。束手无策的警察最终把他们送来皇宫，国王以四两拨千斤的手法，轻而易举地化解了这一场纠纷。"

询及国库的经济来源，国王表示，他拥有广袤的田地，农作物收成丰富，国库有充足的"储备金"。

谈到这儿，国王挥一挥手中的"权杖"，这意味着会客的时间结束了。此刻，皇宫里正有许多老百姓等着求见，国王必须为他们解疑释惑、指点迷津。

这是一位备受崇敬的国王。

湖上营生

Somone Lake 这个咸水湖，是由海水注入而形成的，深度只有两米，退潮时，则只有半米来深。这个特殊的湖泊，足以养活塞内加尔 Somone 渔村里的 3000 余村民。

湖泊风光旖旎，有 20 多种鸟类在小沙洲麇集，其中以鹈鹕、苍鹭、海鸥、鸬鹚、翠鸟为主。群鸟聚集所汇成的那种缤纷艳丽，好似一段段碎裂的彩虹四处飘飞；群鸟齐鸣那种悦耳的啁啾，好似大自然演奏的一阕阕

这儿海产丰富

交响曲。整个湖泊，因为它们而变得生气盎然。

游湖，是为了观鸟，然而，我却无意中看到了当地居民极为艰苦的营生方式。

现在正是退潮时分，许多妇女在湖中以蜗牛的速度一寸寸地行走。她们走走停停，一停驻脚步便弯下腰去，在湖底捡拾一些小小的东西，然后将其放在手挽的篮子里。

"她们在干什么呀？"我问船夫。

"哦，湖泊的沙床上有着许多活蛤，她们以赤裸的脚板去感受，一发现脚下有蛤，便弯腰捡拾。"

这样一个一个慢慢地捡，一天能捡多少个呢？我为如此艰苦的营生方式而叹气。

"她们的工作时间很长，每天平均可以捡拾多达 25 公斤的蛤。"船夫说，"不过，她们必须时时更换采蛤的地点，才能确保蛤生生不息地繁殖。此外，她们只能在低潮时工作，一旦潮水涨到两米，她们便只能望洋兴叹了。所以，单单勤劳是没用的，还得靠老天配合。"

渔村的居民，还有一部分人以采摘海胆为生。海胆就长在湖内的礁石上。在旅游旺季，他们将新鲜的海胆拿到湖畔去卖，6 只售价 2000 西非法郎（折合人民币

新鲜采摘的海胆和生蚝

约 22.18 元），对于游客来说，这个价钱实在是太便宜了，人人蜂拥而至。然而，到了五六月的旅游淡季，他们就只能苟延残喘；七月至九月的雨季，是旅游的"死亡季"，村民得另寻谋生的方式。

这天，船夫给了我们一个很大的惊喜。他把船划进了湖泊上茂茂盛盛地长满了红树林的地方，指着红树林的枝干，说："你们瞧！"我立马兴奋地喊了起来："哎呀，蚝！"

层层叠叠的鲜蚝，密密麻麻地附生在红树接近根部的枝干上。坦白说，我还是平生第一次看到这种奇特的景象呢！

船夫问道："你们想尝尝野生蚝的滋味吗？"我迫不及待地应道："当然想呀！"

船夫把船划近红树林，取出一把锋利的长刀，铆足全力，一下一下地砍伐，把一根根附着鲜蚝的枝干砍了下来。嘿，那一只只鲜蚝，还在起起伏伏地呼吸着哪！

"这些野生的蚝，滋味鲜美得很。"船夫说，"我们找个地方，生火烤来吃。"

船靠岸后，他轻车熟路地以木柴生火，然后，把附着鲜蚝的树枝放在火上烤，鲜香的味儿，随着"噼噼啪啪"的火光飞射出来。

剥开厚重斑驳的蚝壳，乳白肥嫩的蚝肉烙着湖泊美好的记忆，夹带着柴木烧炙的香气，那鲜香而又饱满的滋味儿啊，有着强劲的生命力，在我味蕾上鲜蹦活跳。

这种附生于红树的野生蚝，是属于大自然的，谁都可采摘。物多必贱，那天，吃不完的许多鲜蚝，船夫毫不吝惜地丢弃了。

得天独厚的塞内加尔，海产丰富，可是，大部分百姓还在贫困线上苦苦挣扎，原因何在呢?

"要尝尝海胆吗"

兜售新鲜的蚝

连梦也贫血

　　这天的太阳，化成了一簇簇熊熊燃烧着的火焰，将我烤得全身"滋滋滋"地冒着烟气。简陋破落的牛车在发烫的泥路上慢吞吞地走着，我和日胜就坐在牛车上，颠颠簸簸地往富拉尼族（Fulani）聚居的村庄迈进。

　　这个名叫傣米雅谷（Diame Yague）的村庄，是游牧民族临时的聚居地。

　　西非的富拉尼人约有 2000 万，被认为是世界上最大的游牧族群，他们大部分目不识丁，但却有着丰富的口述史。他们是最早信奉伊斯兰教的非洲民族之一，到处迁徙的游牧生活，也大大地促进了伊斯兰教在西非国家的传播。

　　在塞内加尔，富拉尼族占总人口的 17%，是第三大族群。他们以畜牧为主，农耕为副，当水源不足、草粮枯竭、土壤贫瘠，不利于畜牧和农耕时，他们便集体迁徙到其他地方去。

傣米雅谷村庄总共住了9户人家，富拉尼族迄今仍盛行一夫多妻制，每户人家都有十多口人。"多儿多福"的传统观念，使他们毫无节制地生了一个又一个。牛车一进入傣米雅谷村，大大小小的孩子便从四方八面蜂拥而至，好奇地围着我们看。这是一个游客绝迹的地方，孩童也因此没有养成伸手乞讨的陋习。我把一大包糖果拿出来分送给他们，大家的脸上都露出了过节般的欢喜。

小当家

这9户人家，因陋就简地蜗居在冬草搭成的茅屋里，我低头弯腰，勉强挤身入内。茅屋里，弥漫着污浊的空气，散置着陶钵陶碗，乱堆着褴褛衣衫。

他们主要的农作物是玉米和花生，三餐就以玉米糊、花生饼、玉米烙饼、牛奶和羊奶为主，肉食一年难得尝一回。勉强的温饱，是他们对生活的全部追求。

牛和羊，是富拉尼族宛如金子般的财产，数量越多，在村子里的地位就越高。可叹的是，在这个贫瘠的村子里，牛羊的数目都少得可怜。

根据传统习俗，牧畜是用作婚娶的聘礼，由于不愿"肥水流入外人田"，在傣米雅谷村内，堂兄妹或是表兄妹等近亲通婚的习俗蔚然成风。有数据显示，近亲通婚生下智障儿的风险相应地高，紧随而来的，是各种遗传疾病的滋生和幼婴死亡率的攀升。只要这陋习一日不革除，恶性循环也将永远持续着。

这儿没有水和电的供应，我注意到，近在咫尺的那口井，井水只用来洗涤东西，村民必须辛辛苦苦到三公里以外的另外一口井去汲食用水。探询原因，村民无奈地表示，他们缺乏现代化的机械，村内的井，纯以人工挖掘，只能掘出7米的深度，水质浑浊，水味又苦又咸，不能饮用。至于远处那口井，是国外的义工出资

运用机械开凿的，深达
20 米，水质清澈清甜，
可以饮用。每天，村人
都必须往返多回，才能
挑回足够一家大小食
用的水。一天的大好时
光，便这样被耗掉了。

村内盛行早婚，
十五六岁的少女们，多
数已为人母。满地的
孩子，无所事事地跑

村民必须日日去打井水饮用

来跑去，唯一的"玩具"，是废弃的塑料瓶子和破旧的
轮胎。

孩子没有受教育的机会，当然也看不到希望的
曙光。

这是一个连梦都罹患着"贫血症"的村庄。

足堪忧虑的是，这样的村庄，在塞内加尔为数
不少。

羊啊羊!

　　从来不曾看过这样一个国家,人和羊居然能够保持着如此和谐的关系。

　　在塞内加尔大大小小的城市里,不计其数的羊,就大模大样地走在大街小巷内,旁若无人地躺在横街窄巷中,兴致盎然地坐在犄角旯旮里。在汽车川流不息的主要街道上,大批羊群招摇过市,那种目空一切的样子,仿佛它们才是这个国家真正的主人翁。

　　有趣的是,无所不在的羊们,总是心无旁骛地在低头觅食,在卫生条件不是很

羊旁若无人地
卧在街巷内

羊和谐地融进了塞内加尔人的生活里

好的塞内加尔，垃圾处处泛滥，羊们就在一堆一堆的垃圾里寻寻觅觅，好似已经饿了三辈子而今还继续饿着……嘿！

到农村去逛，在39摄氏度的高温下，在风也罢工的燥热里，饥肠辘辘的羊儿在草丛里寻找果腹的食物；正值青春的少女就坐在草丛旁的大树下，兴高采烈地编织式样繁复的小辫子……在这个懒洋洋的下午，羊与人，各得其所。

那天，我站在不远处，看两头羊上演"全武行"——它们初始怒目相视，继而以头相撞。最后，双双站立，张牙舞爪，作势欲扑，然而，没想到这却只是虚张声势而已，短短几秒它们

两只羊剑拔弩张

羊与人的生活息息相关

便四足落地，恢复了剑拔弩张的局面……周而复始，没完没了。看着看着，我忍不住默默地说道："羊们啊，但愿你们知道，忍一时风平浪静，退一步海阔天空啊！"

塞内加尔的畜牧业，以饲养牛、羊、猪、马、家禽为主，其中以羊的数目最为庞大，根据统计，这个人口 1629 万的国家，总共畜养了 1000 多万头绵羊和山羊。

羊，在塞内加尔，是财富的象征，也是婚娶的聘礼。塞内加尔约有 90% 人口信仰伊斯兰教，每年的"宰羊节"是伊斯兰教徒最重要的节日，当诵经朝拜的盛典结束后，许多人家便在院子里宰羊、烤羊肉，炖羊肉汤的香味也浩浩荡荡地四处飘溢。

各大城市，在每周固定的日子里，都有畜牧人家从四方八面赶到羊集市来，几千头羊，在这儿上演着一出出悲欢离合的活剧。羊儿那近乎刺耳的"咩咩"声，此起彼落，像浊黄的河水，放肆地流满一地。

在生活贫瘠的塞内加尔，一般人家一年到头都难以尝及肉味。一个最近成婚的塞内加尔人克索非告诉我，他在羊集市花了 10 万西非法郎（折合人民币约 1108.82 元）买了一头肥羊，而这，恰恰等于他两个月的薪金。他在农村举行的婚宴上，就以烤全羊来飨客，他笑嘻嘻地忆述道：

"哇，烤羊一捧出来，大家双眼都大放异彩呢，人人吃得满脸油光，几乎连骨头都啃光了！婚宴过后的许多天，大家都还津津乐道呢！"

另一名刚刚退休的塞内加尔人，到羊集市来买小羊羔。他幽默地说：

"养一头小羊羔，比养几个孩子更能保障晚年生活哪！"

黄昏，我看到一头在集市卖不掉的羊，被拴在废

弃的轮胎旁。无人青睐，归家有望；然而，茫然无措的
它，却不知该悲或是该喜。性命无虞，当然应该庆幸，
可是，跟随脸色铁青的主人回家之后，瘦骨嶙峋的它，
恐怕是得不到善待的。不论是人是兽，当失去了主宰自
己命运的权利时，每一寸日子都苦过黄连啊！

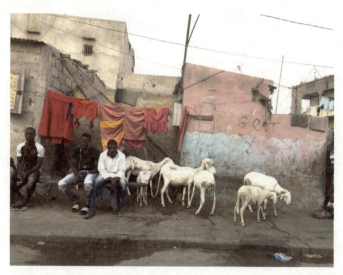

等候被贩卖的羊只

奴隶岛

　　乘搭渡轮到戈雷岛（Island of Goree）去
的那天早上，忐忑、厌恶、好奇等情愫，宛
如飞虫，紧紧地粘在心网上。

　　这个位于首都达喀尔3公里以外的由玄
武岩形成的岛屿，好似镶嵌于大西洋上的一
颗熠熠生辉的黑珍珠，但是，这个美丽的海
岛，却曾是恶名昭彰的地方，曾让所有当地
人闻风丧胆。

　　戈雷岛面积不大，南北长900米，东西宽

让奴隶闻
风丧胆的
戈雷岛

300 米，是个四面环海的孤岛，它优越的地理位置为欧洲人进入非洲提供了极大的便利。在 15 世纪至 19 世纪间，相继被葡萄牙、荷兰、英国和法国占领，是非洲海岸最大的奴隶贸易中心。这种非人性的奴隶买卖活动，反映了人类文明史上极端黑暗而又极其残酷的一面。

那天，我和日胜上岸后，沿着戈雷岛上沧桑的石板路，进入了"奴隶囚屋"。那是一座异常牢固的双层建筑物，木石结构。上层宽敞舒适的大房，是管理员住的；下层那 20 间狭小局促的小暗室呢，则用以关押奴隶。方形囚室只有 3 平方米大小，不设窗户，潮湿阴暗，原本只能关押 15 人左右，却常常硬生生地被塞入 30 人，每个奴隶都被扣上沉甸甸的手铐和脚镣，每一寸犄角旮旯都被挤得满满的，躺下睡觉根本就是痴人说梦。大解小解就地解决，整日发出熏天臭气，管理人员不时打开水喉，让水朝数十人劈头盖脸地喷射过去。在这个病菌大量滋生的地方，奴隶倘若罹患重症，立马会被处死。奴隶的命，比牲畜更贱。

在奴隶囚屋里，男性、女性和儿童，是分开囚禁的。讲解员指出，奴隶囚屋里，设有"增肥室"——凡是初来乍到而体重未达 60 公斤的男奴，便被关在"增肥室"里，像喂动物一样，强行灌饮棕榈油，喂食

戈雷岛的奴隶雕塑

超量的豆糊，让他快速增肥。奴隶囚屋也设有伸手不见五指的"黑房"，借以惩罚叛逆的奴隶。黑房密不透风，仅仅高达一米，人在里面只能半蹲着，饱受恐惧与饥饿的折磨，有者甚至因此而疯掉。如果有奴隶想要逃亡，被抓回来后，会被当众斩掉双脚，或被枪杀。

至于女奴呢，则得面对另一种厄运——14 岁至 25 岁的女性，在被贩卖出国之前，将惨遭管理员夜夜蹂躏，生不如死。

儿童和父母亲分开囚禁，一家几口人，最终会被贩卖到不同的国家去。

在这里，人是牲畜，是货物；而奴役他人者呢，也

戈雷岛的"不归门"

在种种残暴的行径中，彻底暴露了自己潜藏着的兽性。

讲解员领着我们走过了一条阴森诡谲的通道，指着一个出口处，说：

"瞧，这就是不归门（The Door of No Return）了。"

从"不归门"望出去，是波涛汹涌的大西洋，奴隶只要跨出这道门，上了船，就永永远远走上一条"不归路"或是"黄泉路"了。每一艘船，可载200个至500个奴隶。这几百个奴隶，挤在逼逼闷热的船舱里，食物不足，卫生条件差，一旦生病，为防传染，会被抛入海里，活生生地进行海葬。

根据非正式的统计，在历时300余年的奴隶贩卖活动里，大约有2000万奴隶在此被转运到其他的国家去，而活着在美洲和欧洲上岸的，还不足半数，死亡率惊人地高。

幸存者到了美洲和欧洲等国后，一生一世为人奴役，从事繁重的体力活，沉沦于另一个黑暗的世界里。

戈雷岛，是人类野蛮史的一个活证。

伍
Part 5

科特迪瓦

科特迪瓦的大蜗牛

　　站在阿比让（Abidjan）菜市的这个摊子前面，我双眸圆睁，像刘姥姥。

　　摊子上，都是蜗牛，哎哟，我可从来没有看过比这更肥硕、更活泼的蜗牛，一只只

菜市里出售
的大蜗牛

从壳里好奇地探出头来，露出了小半截丰满的肉体，蠕蠕而动。

"这些蜗牛，是养殖的吗？"我问摊主。

"哈哈哈，蜗牛繁殖力那么强，又何必费劲去养！"健谈的摊主笑嘻嘻地说道，"在雨季里，我们带根竹杖，背个竹篓，到阴暗潮湿的丛林去。蜗牛一般喜欢藏在树木茂密的落叶堆里，把落叶拨开，总能看到蜗牛一家大小躲着乘凉。此外，它们也喜欢藏匿在石头下方和洞穴里面，一天要抓100来公斤，易如探取囊中物哪！"

科特迪瓦人嗜食野生大蜗牛，因此，在雨季前后，菜市里总有许多摊子出售蜗牛，每公斤1000西非法郎（折合人民币约11.09元）。

有个精神抖擞的老妪，一开口便要5公斤。摊主手脚利落地以锥子把蜗牛从壳里挑出来，串在铁枝上，一串10只。串满之后，便用手从铁枝上将蜗牛捋进塑料袋子里。

我好奇地问那妇人：

"嗳，你买那么多，怎么吃得完呀？"

她慢条斯理地答道：

"我曾罹患重症，身子虚弱。蜗牛含有丰富的蛋白质和矿物质，所以，我天天都吃。5公斤，一个星期就吃完了。"

"天天吃，不嫌腻吗？"

"烹煮蜗牛的方式很多，可以餐餐变新花样啊！"她微笑地应道，"熬汤、烧烤、水煮、清炒，或者煮熟了切片蘸酱吃，都很美味哪！"

"可以生吃吗？"我看着那肥硕的肉，心想：处理成蜗牛刺身，应该也不错啊！

"啊，不不不，绝对不可以！"她把头摇得好像拨浪鼓般，"野生蜗牛身上有许多寄生虫，会传染给人类，严重者能危及性命哪！蜗牛一定得熟食，而且，要大熟。我惯常的做法是以沸水煮上45分钟，才着手烹调。"

摊主这时插口说道：

"蜗牛肉美味，它的黏液还具有多种功效呢！"

说着，她示范给我看：把蜗牛从壳里挑出来后，壳里残存着一小滩液体，她倒在掌心里，快速地抹到脸上去，说："天天以它敷脸，比什么美容霜都有效哪！"我看她滑嫩的皮肤容光焕发，就知道她不是信口开河的。现在日本和韩国不就盛行着所谓的"蜗牛美容法"吗？让蜗牛在脸上一公分一公分地爬行——业者相信蜗牛的黏液中含有大量蛋白质和抗氧化剂，能够帮助皮肤保湿、去除死皮。

摊主进一步表示：这蜗牛黏液还有助于怀孕哪，她笑嘻嘻地说道：

"天天喝它，可以生一堆孩子呢！"

哎呀，难怪非洲处处都是满地乱跑的孩子！

科特迪瓦曾经是法国的殖民地，我原以为把蜗牛搬上餐桌是法国的遗风，没有想到，阿比让人却以万分肯定的语调说道：

"吃蜗牛，在非洲大陆早已蔚然成风了，我的祖辈，世世代代都吃蜗牛。也许，这是我们对法国饮食的一大贡献呢！"

中午，到阿比让一家名字唤作 Mets Royal 的餐馆去，点了一道蒜泥炒蜗牛、一道炭烤蜗牛。

足足等了两个小时，蜗牛才端上桌来。肥硕的蜗牛肉黑得发亮，我迫不及待地送入口中，才一咀嚼，头发便齐刷刷地竖立起来了。天呀，我从来不曾吃过比这更腥臊的东西，隐隐约约还有一股杀虫剂的臭味，我无辜的牙齿，全都争先恐后地想要逃走……

蜗牛配白米饭，敢吃吗

人生的分水岭

　　在阿比让，我和来自美国的埃丝特住在大西洋畔的同一家旅社里。在这个游客不多的地方，天天早餐时都碰面。绑着一条马尾的埃丝特，额头上明显地刻着岁月的沧桑，可是，脸上那清朗的笑容却给人花好月圆的感觉。

　　由搭讪而攀谈，一回生、两回熟，第三回见面时，她知道我们要去参观全世界规模最大的教堂——和平圣母大教堂（Notre Dame de la Paix），便要求和我们同雇一辆车子，结伴而行。这所巍峨宏伟的教堂，坐落于科特迪瓦（Côte d'Ivoire，又名象牙海岸）首都亚穆苏克

全世界最大的教堂

罗（Yamoussoukro），距离阿比让有三个小时的车程。

年过六旬的埃丝特，堪称现代奇女子。

她是律师，在纽约开设了一家法律咨询公司，拥有几处房产，过着"要啥有啥"的优裕生活。然而，这个羡煞旁人的女子，曾经却是个极不快乐的人。

"我和前夫的生活理念南辕北辙，格格不入。就以旅行来说吧，我认为大千世界里的一切，都是自我教育的大好素材。可他呢，只爱到繁荣富裕的国家去，并屡屡以此当作自我炫耀的话题。道不同，不相为谋。我独自上路，然而，每回从那些比较贫穷的国家回来，他便冷言冷语、讥笑嘲讽，我俩也常常因此而吵闹不休。"

她的三个孩子结婚之后，一一搬出了豪宅，定居于美国其他城市。

和平圣母大教堂内部

60岁生日那天，埃丝特早上驾车前往办事处时，一个奇异的念头忽然浮了上来——60岁，是人生的一个分水岭，前方道路，所剩无几，她不要再为恼人的婚姻而痛苦，也不要再被烦人的工作纠缠了。

她要真正地为自己而活。

接下来，她开始了一连串让人瞠目结舌的举动。

她向同床异梦的丈夫提出了离异的请求，把法律咨询公司以合理的价格转让给好友，出售了豪宅和其他房产，搬到公寓去住。

"在搬家的过程中，我才发现，自己过去是不折不扣的物奴啊！每一趟旅行，都千辛万苦地捎回各国的纪念品，单单手绣的桌布，便有20多块，其中许多还是崭新未用的哪！精致的茶具，也有10多套。其他木雕、铜雕、水晶和玻璃的摆设品，更是不计其数了。我全都挂到网上去卖掉，我这是提前帮助孩子把累赘的遗物处理掉啊！"她侃侃地说道，"我的三个孩子，已经各自撑起自己的一片天了，一旦我要回归天国时，就会把遗产全部捐给慈善机构。空手而来，也空手而去。"

狠下决心，以"快刀斩乱麻"的方式，处理掉一切被她看作"累赘"的东西之后，她为自己的"逍遥人生"掀开了序幕。

　　"以前，工作缠身，也许，一年就只能出国两三回；现在呢，我把旅行生涯串成了一个又一个逗号。就像这一回到非洲来，我已经在不同的国家兜转了四个多月了。大家都认为在经济落后的非洲国家旅行那么久是不可思议的，可是，我却觉得，这是一块非常干净的大地——干净，指的是人心，许多非洲人，没有狡猾的心机，没有恶毒的心肠；有的，是善良的心地，是诚挚的心意。"说着，她把手机的朋友圈打开来让我看："瞧，我在非洲已经结交了许多好朋友啦！"

　　此刻，埃丝特脸上的笑容，灿烂如菊，纯净而又饱满。

埃丝特和尤今

乌云镶金边

　　站在科特迪瓦大大小小的闹市里，我目迷五色。

　　颜色，宛若逃出樊笼的鸟儿，扑着翅膀，带着窃喜，怀着憧憬，到处乱飞——天斑斓，地斑斓，连风也斑斓。这些来自非洲女子头上的缤纷，不是循规蹈矩的，辫子和发饰胡乱配搭，透着一点调皮的诱惑，形成了一片凌乱而又斑驳的美丽。

　　在生活步伐缓慢的非洲，对于女性来说，头发不是"烦恼丝"，而是"繁闹丝"，每隔一段时间，她们总爱热热闹闹地在头上变出

繁复而又细致的非洲女性发型

五花八门的新花样。满头九曲十八弯的头发，就在川流不息的人流当中，无比喧闹地说着无声的话儿，吱吱喳喳、吱吱喳喳……当地这一道道流动的风景，着实令人目不暇接。有时，什么节目也不必编排，只要闲闲地走在大街小巷里，看她们头上的缤纷，便是最大的视觉享受了。

妇女们那一个个令人惊艳的发型，是以"慢工出细活"的方式调弄出来的，容不得一丝半点的马虎和苟且。

一天下午，偷得浮生半日闲，我坐在一家简陋的理发店外，看理发师为一个妇女编织样式繁复的辫子。非洲妇女发质天生卷曲，她们那许多根扭来扭去的细细长长的辫子，是把假发缠在头发根部编织而成的。可别小觑这功夫啊，理发师必须把短短的鬓发一小撮一小撮地拉直，再紧紧地系上一根根预先编好的辫子——这些假的辫子要系得稳稳当当而又能

梳一个发型，需要几个小时

"以假乱真"，工作之细致与烦琐，是超乎想象的，往往一弄便是三四个小时。长时间保持同一坐姿，往往辫子编好时，脖子、肩背、腰肢都酸痛得不得了，然而，爱美的她们，却甘之如饴。

这样一种"叠床架屋"的发型，做成之后，如果不自行拆散，可保持一个月。

"不拆散，怎么清洗呢？"我疑惑地问道。

"一般上，我们不会大肆冲洗，在让发辫保持原状的情况下，把头发稍稍弄湿了，再用布拭去粘在头发上的尘埃，清洁工作便算完成了。"

一个月之后，妇女又会兴高采烈地寻思换个截然不同的发型了——在设计发型这一码事上，每个非洲女子都有着不凡的天赋。

又有一回，到博物馆去，途经一个小公园，树下坐了两个女子，甲正在起劲地帮乙编织辫子。当时，是下午两点。等我参观完毕，再穿越同一个公园回返旅社时，赫然看到她们还继续在编织那没完没了的发辫。看看手表，哎呀，居然已是下午五时许了！三个多小时（或许更长），就这样被穷奢极侈地挥霍掉了。也许，在娱乐设施匮乏的科特迪瓦，编织发辫，就是当地女子打发时间最好的消遣了。

拥有俏皮发型的小女孩

与城市女子相较，乡下女子也不遑多让，她们会在忙完农务之后，找来闺蜜，为彼此编织那如梦似幻的发辫。曾有好几天，我住在一个简朴的农村里，在那风也变得懒洋洋的每个下午，我总能看到年轻的女子为彼此编织发辫，当她们双手忙忙碌碌地为对方打造美丽时，羊啊、鸡啊、猫啊、狗啊，就在她们身旁徜徉、打转，咩咩、喔喔、汪汪、喵喵之声不绝于耳，充满了乡野奇趣。辫子编好了，她们憧憬的是月上柳梢头时在田垄间那一个个旖旎的约会……

生活水平低下的科特迪瓦，贫瘠的生活里布满的是乌黑的云朵，她们乐此不疲地弄出满头璀璨，当可被看作"为乌云镶上金边"的一种自我抚慰的方式吧！

当地女子的生活在令人击节叹赏的缤纷里，有着不为人知的沉重。

最有趣的是，非洲的小女孩，一个个也被爱美的母亲弄得花里胡哨的 —— 她们满头鬈发被系成多根短短的小辫子，辫子上绑着二三十个五颜六色的发夹，当她们在路上一蹦一跳时，就好像一棵棵走动着的迷你圣诞树，逗趣极了。在这一刻，女童的内心世界，缤纷一如她们的头饰。生活沉重，这样的童真，经不起岁月的考验；但是，曾经拥有，便是心中永远的彩虹了。

一棵棵"迷你圣诞树"

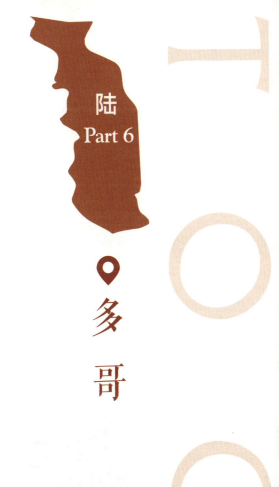

陆
Part 6

多 哥

蜘蛛的故事

　　我是在多哥（Togo）首都洛美（Lome）认识艾赫狄的。他现年25岁，瘦削，一双黑黑大大的眸子，老是镶嵌着闪闪发亮的笑意；两片薄薄的嘴唇，老是藏着说不尽的故事。

　　他的祖父拥有广袤的棕榈园和黄梨园，难得的是，家道殷实的老祖父，常常把价值

村里的女孩们

观不动声色地藏在童话里，传授给儿孙。年幼时，艾赫狄最享受的，便是晚饭过后大家围绕着祖父盘膝而坐，听故事。

艾赫狄告诉我，洛美人都把蜘蛛当作智慧的象征，他兴致勃勃地向我讲述了其中两则有关蜘蛛的故事。

故事之一：

有只体形庞大而浑身赤红的蜘蛛，是村中智者。上至天文、下至地理，无所不通、无所不晓。就算是医学上的各种疑难杂症，也难不倒它。它不想和村民分享这些丰富的知识，但却想将之传授给自己的子孙后

艾赫狄

代。于是，它闭门谢客，利用很多年的时间，写成了一部很厚的百科全书。写毕之后，它在丛林里找到了一棵树干高耸而树叶茂密的大树，决定把书秘密地藏在树顶。那天早上，天泛鱼肚白，它怀抱着那部沉甸甸的百科全书，偷偷潜入丛林里。它最宠爱的孙女，因为好奇

而悄悄地尾随着它。红蜘蛛怀抱百科全书，攀爬上树，但是，爬行不久，便因为承受不了怀里的重量而狼狈地跌落下来。它屡试屡败，硬是无法把这部呕心沥血写成的百科全书妥帖地送上树顶。这时，一直躲在暗处偷看的孙女忍不住现身了，她说："爷爷啊，您试着把百科全书驮在背上，我保证您能顺利把它送上树顶。"红蜘蛛依言让背部承受所有的重量，果然不费吹灰之力，便把百科全书送到树顶了，真可说是"智者千虑，必有一失"啊！红蜘蛛坐在树顶，沉思半晌，突然大彻大悟了——众人拾柴火焰高，唯有集思广益，集腋成裘，才能形成百川归海的浩瀚磅礴之势。想通之后，它把百科全书用力朝树下砸去，脱落的书页散落一地，书里的学问却长了翅膀，飞向世界各地。

艾赫狄诙谐地说道：

"我爷爷说啊，这就是现今互联网的起源了。"

我哈哈大笑，睿智的洛美人不但通过奇思妙想把科技与童话紧密结合，还把"掠美"的艺术发挥得淋漓尽致哪！当然，最重要的是，故事里灌注了必要的价值观。

故事之二：

皇帝要招驸马，禽鸟虫兽全都前来应征。为了测试

应征者的忍耐能力，皇帝找来了全世界最为辛辣的辣椒，要求应征者在咀嚼辣椒时，不准发出任何声音，只能默默吞咽。辣椒一入口，便如火燎平原，应征者无一不发出痛苦的叫声，

老祖父的故事滋养着他们的成长岁月

一时"嘘嘘""哎呀""天啊"等叫声不绝于耳，当然应征者也就逐一被淘汰了。轮到蜘蛛时，只轻轻一嚼，它便辣得飙泪，大声呼叫："大王万岁！"结果呢，龙颜大悦，蜘蛛如愿成了驸马。

艾赫狄笑嘻嘻地说道：

"同样是开口喊叫，但是，效果天差地别。我们在开口之前，能不三思吗？"

我觉得艾赫狄是个幸福的人，因为他亲爱的祖父在他成长的过程中，持续不断地以寓意良善的童话故事熏陶出他今日的好修养。

巫术祭品集市

　　双脚一迈进去，鸡皮疙瘩便像汗珠一样由顶至踵"咕噜咕噜"地冒了出来。一股极端难闻的臭气，宛若不散的阴魂，冷冷地弥漫于偌大的集市内。

　　发出腐烂臭气的，是各种飞禽走兽和海洋生物的头颅、尸体、骨骼、皮毛。

　　猫、狗、兔、猴、牛、羊、狼、马等动物的头颅，一个一个分门别类地叠放在一起。眼眶全都圆圆地露着，好似对这个世界还有着不舍的眷念；有些则龇牙咧嘴，余怒未消的样子。身首齐全的鳄鱼、刺猬、蟒蛇、大乌龟、河豚、狒狒、鬣狗，平平地摊放着，好像被巫师点化而处于酣眠的状态。还有大量的鸟儿，死不瞑目地躺着。此外，马尾、狗尾、猴尾，一条条吊诡地挂在高处。猫皮、狗皮、蛇皮、兔皮、猴皮、牛皮、羊皮、马皮，一张张诡谲地晾在绳子上。还有许多不

巫术祭品集市

知道属于什么动物的骨骼，凌乱地散置着。

　　我看着、逛着，此刻，这些飞禽走兽的尸体都化作了无形的虫子，在我心上蠕动着。

　　位于洛美的这个气氛阴森的巫术祭品集市（Fetish Market），开设于1863年，迄今已有150余年历史，是全世界规模最大的祭品集市，总共设有多达56个出售巫术祭品的摊子，46名巫师分别坐在阴暗的小室内，等待信徒上门求助。人口760余万的多哥，有大约一半人口信仰巫毒教（Voodoo），这是当地一种没有教义与教典的民间信仰。

　　通谙英语的讲解员埃多纳堤告诉我们，巫术通常可分两种：一种是"黑巫术"，是加蛊于人，使人肉体饱受折磨而精神不宁的；另一种是"白巫术"，是专门为人化解蛊术的。他一再强调，这儿的巫师，专注的是"白巫术"。他明确地表示，那些要求以黑巫术对付他人者，本身也必须付出自己也许无法承受的惨痛代价。

"集市所卖的祭品，都是用来解除黑色蛊术的吗？"我好奇地问道。

埃多纳堤答道：

"只有部分祭品是用以解蛊的，大部分是用来治病或者祈福的。"

他举例说明，有人背痛求治，巫医将蛇的脊骨连同肋骨取出，舂成粉末，施法后，让病患连续多天搽在脊椎骨上，便能缓解痛楚。心痛呢，则将整只乌龟舂成粉

末，与水掺和，涂抹在胸口上，五天过后，便能痊愈。我问："有效吗？"埃多纳堤说："心诚则灵呀！"不过呢，他也坦言：有些病患是在医生表示治愈无望时，抱着"死马当活马医"的心态，来此求治的。

埃多纳堤透露，有个运动员，为了提高精力，在出赛之前，买了一个马头，由巫师舂成粉末，施法以后，与泥土掺和，让运动员每天洗澡前涂在身上。自此之后，他便会有取用不竭的精力了。我问："为什么必须选用马头而不是其他动物的头颅呢？"埃多纳堤笑道："马儿矫健啊，运动员不都希望自己能化身为千里马吗？"啊，原来是"以形补形"的另一版本呀！

其他如婚事、殡葬、工作、健康、爱情等，他们都来求助于巫术。他们相信巫师能为他们挡灾，也能为他们祈福。

比方说，祈求门户安全，信徒便来此买一个狗头，由巫师施法后，舂成粉末，埋在屋子前面，他们相信这样便能确保住在屋子里的家人在"隐形狗儿"忠心耿耿的守护下，常年无灾无难了。

对于巫毒教的信徒来说，衣食住行，样样都离不开巫师和巫术。

拜物教的世界

　　一走进 Aveve 村，我便注意到一个异常的现象。

　　树是树，树也不是树。

　　有些树，随意生长、随意呼吸，没有任何的装饰和约束，与大自然里其他的树并没有两样；然而，有一些树，却一棵棵神气活现地屹立于围栏内，备受保护，树上、树下，都挂着、放着不同的东西。

　　比方说，树形魁梧的甲树，粗壮的树干就被一层厚厚的布团团地包裹着，白布上面，洒满了牲畜的血（也许是鸡血，也许是羊血）。

　　婀娜多姿的乙树，茂密的枝丫上疏密有致地挂着一串一串的玉米，金黄色的亮光从嫩绿的树叶里透现出来，煞是好看。

　　枝枝叶叶无比蓬勃的丙树，树下供奉着一碗碗米饭和玉米糊。

　　丁树最为奇特，两棵树亲亲密密地交缠

Aveve村的入口处

在一起，上面筑满了鸟巢，树下散置着两只死鸡，地上残留的鸡血已经变黑了。

Aveve 村位于多哥的首都洛美。

多哥盛行"拜物教"，所以，不论到哪一个村庄去逛，都会看到树木被村民当成神明来供奉的现象。

此刻，陪同我逛 Aveve 村的，是村庄的导游兼巫师库森诺，他详尽地向我解释道："上述树木，对于村民的日常生活，有着重大的意义。"

——甲树是为村民化解厄运和灾难的，不过村民如果在学业、感情、婚姻、工作等方面碰上棘手的问题，是不可以直接跪求树神给予援助的。他必须先向巫师讨教，巫师与树神通灵之后，才决定求助者该以什么祭物奉献给树神，树神也会凭借巫师之口，提出解决的方案。

——乙树是农夫在春天播种时向树神祈求风调雨顺的，一旦丰收，农夫便挂上玉米或其他农作物感谢神恩。

——丙树是供夫妻祈求子嗣的，美梦成真后，米饭和玉米糊便是致谢的祭品。

——丁树是专供夫妻祈求树神赐予孪生儿的，愿望达成后，必须活宰牲畜还愿，有时是鸡，有时是整头羊。库森诺说："多哥人坚信，诞下孪生儿女，会给整个家族带来运气和福气，所以，大家都渴望能拥有孪生孩儿。"说着，看了看手表，问道："再过半小时，我母亲便会为孪生的先人举行沐浴礼了，你们有兴趣看看吗？"

我点头如捣蒜，和日胜兴致勃勃地随着他，走过了九曲十八弯的狭窄泥路，赶到他家里去。

沐浴礼即将举行，在一张玲珑的木椅上，稳稳地坐着三个八寸来长的小木偶，全都穿着裁剪精美的多哥传统服装。有一名巫师，将一些水泼在地上，诵经念咒。接着，库森诺的母亲便小心翼翼地把三个木偶的衣裳一一褪去，为她们涂抹上沐浴露，再把全身泡沫的小木偶放进大大的水盆里，温柔地擦洗；之后，拭干，扑上婴儿香粉，为她们穿上另外三袭华美的小衣裳，再把她们用布兜在胸前。

整个仪式，宛若在为初生的婴儿进行圣浴。

库森诺说，母亲会一直把这三个木偶兜在怀里，进行劳作、炊煮。此外，午餐和晚餐都会为她们准备一份，晚餐过后，再行一次沐浴礼，才让她们舒舒服

三个木偶，代表了三个先人

服地就寝于特地为她们建造的一所小木屋内。木屋里面，放着酒和钱。这些东西，永远不虞失窃，因为窃贼确知偷了以后会被厄运纠缠一生。

"这样的仪式，多久举行一次呢？"我问。

"每一天都做啊！"库森诺说，"仪式是由族中最受敬重的人执行的，一旦她故去，家族便会另外推选一个人。对于被选中的人来说，是一份很大的荣耀。在多哥，每一个育有孪生儿女的家庭都是这样做的，这是为了感谢孪生的先人给予整个家族庇佑和福祉而代代延续的一种风俗。"

我注意到刚才参加圣浴的，共有三个木偶，于是问道：

"诞生于你家族里的，是三胞胎吗？"

"不，是两对双胞胎。"库森诺飞快应道，"其中三人去世了，一人健在；所以，我母亲目前只需照顾三个先人。"

通常的做法是，只要双胞胎中的任何一人逝世，家族中德高望重的人便会去"巫师祭品集市"购买一个由巫师施法降福的小木偶回家，然后，依照上述仪式，世世代代给予无微不至的照顾。

尽管必须天天重复同样的仪式，然而，亲人却甘之如饴。蕴藏在仪式里的，是敬重、感恩与爱。

在盛行拜物教的 Aveve 村行走，我着实有"战战兢兢、如履薄冰"的感觉。一口井、一块石头、一堆以贝壳雕成的实物、一座小小的石像，都可能是村民膜拜的神祇，一个不小心，也许就可能触犯了某些禁忌。

我就曾经三次险踩"地雷"。

头一回，我看到一户人家在入门处摆放着一块小石头，上面镶嵌着两个以贝壳做成的眼睛，活灵活现，十分逗趣，正想俯身拿起来仔细瞧瞧时，艾赫狄立刻大声阻止：

"别动！那是保护神！"

我赶紧缩回了手，一颗心，犹如打鼓般怦怦乱跳；

一张脸，变得比石头更为
僵硬。

　　艾赫狄表示，那是为
村民安全守门的神祇，石
头是中空的，村民不时会
倒些鸡血进去供奉。

村民膜拜的神祇

　　另外有一次，我看到
一棵树从一口很深的井伸了出来，非常奇特。我好奇地
趋前观赏，然而，才走了几步，艾赫狄立马高声警告：

　　"别，别，别朝井内看！"

　　艾赫狄解释：那是一口"圣井"，村民只能隔着一
定的距离膜拜，谁都不许朝内窥看，以免触犯神明的威
严。"悬崖勒马"的我，在停驻脚步的同时，一颗心，
已经跳到嗓子眼儿了。

　　再有一次，行经一片草地，我看到有一堆石头和树
枝成一道直线摆放着，正想绕过它们往前直走时，没有
想到艾赫狄竟然大声喝止了我：

　　"止步！快快止步！"

　　原来这是一个"不得跨越"的警告信号，这儿通向
一个幽深的丛林，丛林里面，有 48 位神祇供信徒膜拜，
也供巫师们进行一些神秘的宗教仪式，非信徒是严禁入

内的。

　　我惊魂甫定后，忍不住对艾赫狄说道：

　　"哎呀，逛你的村庄，我每分每秒都有惊心动魄的感觉啊！"

　　艾赫狄看着脸色青白的我，若有所思地说道：

　　"外界许多人一贯喜欢非议拜物教者盲目迷信。无可否认，拜物教者的确有着诸多外人难以了解的禁忌和条规，但是，这个民间信仰是寓藏着良好的旨意的，它强调的是爱——爱祖先、爱亲人、爱植物、爱大山、爱海洋、爱天、爱地……你看看，一个充满爱的世界，不正是一个和谐的世界吗？"

村民全是拜物教者

·

尤

今

漫

游

·

尤今漫游